蓮美人

料理人季蔵捕物控

和田はつ子

時代小説文庫

角川春樹事務所

目次

第一話　風流鮨

一

そより、ひやりの江戸の秋は、自然がもたらす花火のように、華麗に足早に過ぎて行く。

江戸府内では、銀杏《いちょう》の木々の目映《まばゆ》い色づきや雑司《ぞうし》ケ谷《や》の菊見に次いで、品川鮫洲《さめず》の補陀《ふだ》洛山海晏寺《らくさんかいあんじ》等の紅葉狩《もみじが》りと、多彩な色が目白押しであった。

この日、日本橋は木原店《きはらだな》にある一膳飯屋《いちぜんめしや》塩梅屋《あんばいや》では、主《あるじ》の季蔵《としぞう》が、はじき葡萄《ぶどう》を薄緑色のギヤマンの器に盛りつけ終えたところであった。

「おいら、甲州葡萄なんて初めてみたよ」

下働きの三吉《さんきち》がごくりと喉《のど》を鳴らした。

「甘くて香りがよくて、酔っちまうぐれえ美味《うま》い水菓子だそうだけど、甲州でしかできねえもんだから、お目にかかったことなんてなかった――」

「あたしだって、剝《む》いた葡萄の粒に砂糖の衣《ころも》を着せた〝月の雫《しずく》〟っていうお菓子を、おとっつぁんが旅の土産《みやげ》に買ってきてくれて、たった一度食べただけよ」

先代塩梅屋長次郎《ちょうじろう》の忘れ形見おき玖《く》も、薄赤色の艶々《つやつや》した葡萄の粒を見つめて、ため息をついた。

「何とも趣《おもむ》きのある綺麗《きれい》な色ねえ、色の取り合わせもいいわ」

〝月の雫〟とは、甲州葡萄を皮も種もそのままに砂糖の衣に包んで仕上げた菓子で、一方のはじき葡萄は、皮や種を取った（はじいた）葡萄を、おろした大根と混ぜ合わせ、さっと熱湯をかけて、むしった菊の花を散らしたものである。

葡萄の薄赤色と大根の白が紅白で縁起がよく、食用菊の黄色が目に鮮やかである。

「とっつぁんの日記には、今時分、八百良《やおりょう》でお奉行様と一緒に食べたと書いてありました」

はじき葡萄は、季蔵が亡き長次郎が遺《のこ》した、数えきれないほどの料理日記の中から見つけ出して作った。

ちなみに江戸の八百良といえば、客が茶漬けを頼んだ折、玉川上水にまで水を汲《く》みに行き、長く待たせた上、平気で目の玉の飛び出るような値を取ったという伝説のある、高級料理屋である。

「まあ、食べてみましょう」

季蔵は酢橘《すだち》をさっと搾って混ぜ合わせた。

「甘酢、または醬油《しょうゆ》と酢も考えてはみたのですが、きっと、酢橘の方が風味が豊かでしょう」

三人は同時に箸《はし》を手にした。

「わ、葡萄、大根、菊と、風味や香りが満載。しかも、葡萄は今時分の紅葉で、菊は銀杏の葉の黄色に見えて、下ろし大根は、そろそろ雪を被《かぶ》る富士のお山。幻の絶景だわ」

おき玖は歓喜の声をあげた。

「綺麗だし、不味《まず》くはねえけど、おいらは、腹の足しにも菜にもなんねえような気がする。酒の肴《さかな》にだって味が薄すぎるし――」

三吉が呟《つぶや》くと、

「腹の足しや、肴や菜になるものばかりが料理ではないぞ」

季蔵は笑顔で三吉を諭《さと》した。

「まさに、これは季節そのものの味だ。お客様たちにとっては、料理の合間の心癒《いや》しになるだろう」

八百良の洗練された料理に敬服した。

「でも、ほんとにこれだけでいいのかしら？」

おき玖は首をかしげた。

季蔵がはじき葡萄を試作したのには理由《わけ》があった。

先代とつきあいのあった北町奉行烏谷《からすだに》椋十郎《りょうじゅうろう》から、一籠《かご》の甲州葡萄に添えて、以下のような文が届いたからだった。今朝のことであった。

甲州葡萄、一籠入手したので料理を願いたい。夕刻には出向くが、もてなしはこの料理一品で足りるゆえ、追加は不要。

鳥谷

「これは、たしかに見た目に雅《みやび》やかで、大根と菊の味のせいで、江戸の粋《いき》ここにありってものだけど、いつも、お奉行様はもっと沢山召し上がるはずでしょ」

――たしかにその通りだが――

巨漢の鳥谷の丸い顔と膨《ふく》れた腹、笑っていない大きな目を頭に描きつつ、これは無理難題の前触れだと季蔵は思った。

鳥谷は先代長次郎と、客と店主というだけのつきあいをしていたわけではなかった。塩梅屋の店主というのは長次郎の表の顔で、裏では鳥谷のお手先、隠れ者として、悪事を詮議《せんぎ》し、時には御定法《ごじょうほう》で裁くことのできない輩《やから》を秘密裏に成敗していたのである。

この事実を娘のおき玖は知らないし、ましてや元武士で理由あって主家を出奔《しゅっぽん》、長次郎に拾われて料理人になった季蔵が、表だけではなく、裏稼業も継いだことなど知る由《よし》もなかった。

――これだけは何があっても、お嬢さんに知られてはならない――

はじき葡萄の試作を済ませた季蔵は、足りなくなった鰹節《かつおぶし》を小舟町まで買いに出た。

鰹節は料理の邪魔になってしまうような雑味やエグ味の出にくい、すっきりとした出汁《だし》がとれるものが上質とされている。

元になる鰹の脂肪分が少ない、上質の鰹節はカビ付節とも言われ、最低二年は乾燥させるのだが、売られているカビ付節の中には、似て非なるにわか作りも混じっていて、見極めがむずかしいのである。

海産物問屋土佐屋《とさや》が見えてきた。

――どうしたのだろう？――

往来で何人かが店を指差し、立ち話をしている。

「何かあったのでしょうか？」

季蔵はその中の一人に訊《き》いた。

「何でも、昨晩、盗人《ぬすっと》が入ったんだとさ」

「盗人じゃねえだろう。お内儀《かみ》を殺しちまったんだから――」

その隣りの男が言った。

「あんたも、客かい？」

後ろから声を掛けられた。

「ええ、まあ」

返事をして、振り向くと赤子を背中に括《くく》り付けたおかみさんが、

「あたしもなんだよ。うちの亭主ときたら、たいした働きもないのに、鰹の出汁にだけは

うるさくて、ここのじゃないと、茶碗を投げてくるんだよ」

「わたしも鰹節をもとめにきたのです」

「諦《あきら》めた方がいいね。さっき、南八丁堀の親分が来て、今日は店を閉めたままにするって、大声で叫んでたから――」

――南八丁堀の親分なら、松次《まつじ》親分のことだ――

季蔵は裏へ回って、

「お邪魔いたします」

声を掛けて勝手口を開けると、店の者に名を告げて、

「どうか、ここにおいでの松次親分に、お取り次ぎください」

深々と頭を下げた。

ほどなく、姿を見せた松次は、金壺眼《かなつぼまなこ》を瞠《みは》って、

「あんたがどうしてここへ？」

「ここの鰹節をもとめにきたのです」

「気の毒だが、出直してくれ。盗みと殺しがあったんだ。今日は店を開かせねえぞ」

「殺されたのはお内儀さんだと聞いています」

「それがどうした？」

松次はじろりと季蔵を睨《ね》め付けた。

「実はここのお内儀さん、おとみさんにはお世話になってきました。塩梅屋の鰹風味の煎《い》

り酒《ざけ》をたいそう気に入られて、上質の鰹節を安く分けていただく代わりに、拵《こしら》えた煎り酒をずっとお届けしてきたご縁がございます」

昔から醤油代わりに作られ続けてきた煎り酒は、酒で梅を煮て漉《こ》す梅風味の煎り酒が基本である。季蔵は、これに鰹や昆布《こんぶ》、味醂《みりん》をそれぞれ、別個に足して、鰹風味、昆布風味、味醂風味を作りあげていた。

「殺されたと聞いて、お内儀さんの無念を晴らすために、このわたしにできることでも、何かあればと――」

季蔵の申し出に、

「わからねえでもねえな。時たまのたまたまだが、あんたの目が利くこともあるんだし、ま、いいだろう」

松次は大きく顎《あご》をしゃくって、勝手口から上がるよう指図すると、先に立って、廊下を歩いた。途中、

「お宝が盗まれてる。このところ、市中のお大尽《だいじん》を狙《ねら》った、蔵盗人がうろつき出してんだ。だから、たぶん、これもそいつの仕業ってことで、落着するだろうけどな」

と呟いた。

おとみの骸《むくろ》は自分の部屋の布団の上に横たえられていた。

首の絞められた痕《あと》と、ぱっくりと割れている後頭部の傷さえなければ、眠っているように見えた。

そばに座った季蔵は、両手を合わせた。

「お内儀さんはここで殺されていたのですか？」

「いいや、蔵の中だって話だ。あんまり無残な死に方なんで、見つけた亭主が店の者に、ここへ運ばせ、着替えさせたんだと」

おとみが着ている、菊柄の浴衣《ゆかた》は糊《のり》が効いている。

「夜更《よふ》けて蔵にいたのですね」

「古道具屋を呼ぶんで、売るお宝の目星をつけていたそうだ」

「お宝を売らなければならない事情でも？」

「そいつがちょいと変わってる。何でも、ここのお内儀さんは施《ほどこ》しの好きな人で、親のいねえ子どもたちの世話をしてる寺や、貧乏人や看《み》てくれる身内のいねえ連中が集まる、小石川養生所なんかに、蔵のお宝を売って銭を出していたんだそうだ。そんな勝手ができたのは、これだけの身代《しんだい》の家付き娘だったからなんだがな」

「跡継ぎは？」

「入り婿の亀之助《かめのすけ》との間にはいねえよ。近く、おとみの従姉《いとこ》の男の子を養子に迎えることになっていた」

「亀之助さんに他所《よそ》での子は？」

念のため訊いてみたが、

「先代に見込まれて婿になった、手代《てだい》上がりの亀之助は、稀《まれ》に見る忠義者の上、吉原にも岡場所にも、足を向けたことがねえという石部《いしべ》金吉《きんきち》なんだとさ」

「夫婦仲の方は？」

「二人とも物静かで口数は少なかったと店の者は言ってる。まあ、夫婦《めおと》も三十路《みそじ》を半分超えちまえば、そんなもんだろうよ」

二

季蔵は布団に目を凝らした。

僅《わず》かだが布がはみ出ていた。引き出すとそれは、畳んである萩《はぎ》柄の浴衣であった。糊は効いていないが、折り目はきっちりと付いている。

「どうして、ここに浴衣があるとわかっているのに、わざわざ、別のものに着替えさせたのでしょう？」

季蔵は松次に頼んで、おとみの身の回りの世話をしている小女《こおんな》を呼んでもらった。

「お内儀さんは糊を効かせない、折り目だけの浴衣がお好きでしたので、毎日、布団を延べる時にご用意していました。蔵で恐ろしい目に遭われた、お内儀さんを見つけた旦那様が、〝糊の効いた浴衣の着替えをすぐに〟と、おっしゃったので、そのようにしたんです。几帳面《きちょうめん》な旦那様は、糊が効いた浴衣しかお召しになりませんし」

小女は、おずおずと応《こた》え、

「ということは、御夫婦は日頃、それぞれ、別の部屋でお休みだったんですね」

季蔵の念押しに、頷《うなず》く代わりにうなだれた。

「土佐屋さんのお話をお聞きしたいのですが――」

季蔵が言ったところへ、北町奉行所定町廻《じょうまちまわ》り同心の田端宗太郎《たばたそうたろう》が入ってきて、

「これは旦那。お役目ご苦労様でございます」

松次は腰を折って迎えた。

松次から、浴衣等を含む、くわしい事情を聞いた田端は、一瞬ぎらりと目を光らせると、

「何でも、これから、主がわれらをねぎらって、茶菓を振る舞ってくれるとのことだ」

長身痩軀《そうく》を屈《かが》めるようにして、客間へと歩き、季蔵と松次は従った。

「おとみのことで、お世話をおかけいたしております」

挨拶《あいさつ》をして、茶菓を運ばせた亀之助は、顔の形は言うに及ばず、目も口も鼻も四角く見えるほど、忠義が姿形に染みついていた。

主となった今も着ているのは、手代と変わらぬ縞木綿《しまもめん》だが、糊だけはびしっと効いている。

もうすでに、取り乱した様子は無かったが、顔は血の気が引いて青く、膝《ひざ》の上で合わせた両手が小刻みに震えていた。

「盗まれた物の書き出しは済んだか？」

「はい」

亀之助が両手を鳴らすと、廊下に控えていた大番頭《おおばんとう》が障子を開けて入ってきた。

「これにございます」

亀之助は受け取った紙を田端に差し出した。

その紙には以下のように書かれていた。

黄金の煙管《キセル》
瑠璃《るり》（ラピスラズリ）細工の小箱
琅玕《ろうかん》（翡翠《ひすい》）の根付け
夜光の珠《たま》の笄《こうがい》
珊瑚《さんご》、鼈甲《べっこう》の簪《かんざし》

「ふーむ」

田端はしばしその紙を凝視して、

「小判は盗まれておらぬのか？」

「はい。千両箱には手が付けられていませんでした」

「それはよかった」

田端はその紙を畳んで懐《ふところ》にしまうと、ちらと季蔵に目配せした。

——訊きたいことがあるのなら、申してよいぞ——

「お内儀さんが蔵におられた時、旦那様はもう、休んでおられたのですか？」

季蔵の問いに、

「いいえ、出かけておりました」

「どちらまで?」

「てまえどもの土佐屋は、初代から浄土宗に帰依《きえ》しております。昨日は浄土宗のお十夜《じゅうや》の二日目でございましたので、寺で有り難い講話を賜《たまわ》り、念仏を唱え、お十夜粥《がゆ》をいただき、帰り着いたところ、蔵に灯《あか》りが点《つ》いていたので、気になり、店の者に見に行かせたところ、閂《かんぬき》は外されていて、あんなことになってしまっていたんです」

亀之助は初めて目を瞬《まばた》かせた。

——お十夜の参詣《さんけい》が偽《いつわ》りだとは思えないが、灯りが点いていたので気になり、というのが気にかかる。夜半、お宝を売るために、お内儀さんが蔵に籠《こ》もることは珍しくはなかったはず——

季蔵は田端の目を見た。

「今日のところはこれまで。必ず、お内儀殺しの盗人は探し出すからな。安心しろ」

田端は言い切って立ち上がり、季蔵、松次を伴い店を辞した。

「夫婦のことゆえ、角《つの》をつき合わせることもあれば、相手を思いやることもある。亀之助が、昨夜に限って、蔵にいたおとみを気に掛けたこともないとはいえない。お十夜に集《つど》っていたということを崩せぬ以上、普段、気に掛けていなかったことで、亀之助に嫌疑はかけられぬ。まずは、蔵盗人の詮議が先だ」

と、伊勢町堀に架けられた中の橋上で、田端は言い切った。

先代の頃から、塩梅屋には離れがあって、店へ顔を出した烏谷は、そこに陣取るのが常である。

暮れ六ツ（午後六時頃）が鳴り終えて、すぐ、

「邪魔をするぞ」

音もなく油障子を開けて、ぬっと顔を出した烏谷は、

「待っておる」

すたすたと離れへと歩いて行った。

――地獄耳のお奉行様のことだ。たぶん、土佐屋の一件を、昨夜のうちに聞きつけて、おいでになったのだろう――

ただし、それだと、届けられた甲州葡萄の謎《なぞ》が解けない。

「いただいたお品で作りました」

季蔵は茶を添えて、ギヤマンに盛りつけたはじき葡萄の載った膳を、烏谷の前に置いた。

「なるほど」

烏谷は箸を取って、ゆっくりと平らげると、

「酢橘が使われているのは、八百良の味よりよほどよい」

率直に褒めた。

「ありがとうございます」

「だが、やはり、これは、はじき葡萄にすぎぬ」

烏谷の表情は怒っているのではなく、困惑気味である。

——これはもしや、土佐屋のことではないのかも——

「いけませんでしたか？」

「多少、味が違っても、はじき葡萄は八百良のものだ」

「先代の日記に、お奉行様との思い出の味の一品だとございましたので——」

「気を利かせてくれたのだな」

「はい」

「ここの茶は美味い」

烏谷は話を変えた。

「これからの紅葉狩りに茶は欠かせない」

春の花見には、数々の肴を入れた重詰が作られ、賑《にぎ》やかな酒宴がつきものであったが、紅葉狩りともなると、団扇《うちわ》片手に湯を沸かし、静かに紅葉を楽しむものであった。

——どうやら、お話は土佐屋とは無縁のようだ。それにしても、お奉行様が茶の話をなさるとは、珍しい——

「紅葉といえば、風情のある京を措《お》いてないそうだ」

「そう言われています」

「だが、今時分、京へ行った者の話では、あちらの茶店では、朝一番で煮出した茶を注文があるたびに、温め直して出しているという。もちろん、美味くはないそうだ。これが京流。ところが、江戸では、小ざるの中に茶葉を入れ、熱い湯を注いで客ごとに新しく茶を淹《い》れる。これに勝《まさ》る茶はない。江戸の茶は京に勝る。紅葉だって負けてはおられぬ」

烏谷はぎりぎりと歯嚙《はが》みをした。

――しかし、お奉行様はいったい、何をおっしゃりたいのだろう――

季蔵は思案顔になった。

「そちは、二月《ふたつき》ほど前、南町奉行が代わり、新しく、直参《じきさん》旗本吉川《よしかわ》家の婿養子直輔《なおすけ》様が任じられたことを知っておるか？」

「はい」

「直輔様は弱冠三十三歳。昌平《しょうへい》坂の学問吟味で甲科合格。吉川家に婿入りしてからは、目付、京都西町奉行と出世し、このたびは、江戸南町奉行を仰《おお》せつかったのだ」

「ならば、さぞかし、頭の切れるお方でございましょう」

「そうかもしれぬ、そうでないかもしれぬ」

烏谷は謎のようなことを口にして、

「そうでなければ、この場に際して、南町と北町の面々を集めて、親睦《しんぼく》の会を催そうなどと言ってはこぬはずだ」

南北奉行所は月交替で市中で起きる事件の詮議に当たっている。

表だっては、不仲ではなかったが、事件解決の数は常に競っている。

「今までに例のあることなのですか？」

「あるわけがなかろう」

烏谷は渋い顔になって、

「吉川様は南だ、北だなどという、従来の意識を捨て、どちらも、たとえ、お役でない月でも、互いに大いに力を貸しあって、市中の者たちの安全を守るべきだとおっしゃるのだ」

「一理あります」

「まあな」

烏谷は頷いたものの、

「それで、まずは、親睦会をということに相成《あいな》った。だが、吉川様の〝上方《かみがた》の奉行所に倣《なら》いました〟という言い分が気にいらぬ。吉川様は京都西町奉行を務められたからか、とかく上方贔屓《びいき》、いや、上方かぶれなのだ」

憤怒《ふんぬ》の面持《おもも》ちになった。

――なるほど、それで、先ほど、江戸と京の茶を比べて、江戸の茶に軍配を上げたのか

三

「負けてはおられぬ」

烏谷は先を続けた。

「茶の淹れ方のように、江戸には江戸の良さがあります」

季蔵は相づちを打ったつもりだったが、

「もう、茶の話はよい」

烏谷は大きく首を横に振って、

「吉川様はこの二十日、赤坂にある私邸で、秋の七草の会を催されるのだ。我らも招かれている」

「菊見ではなく、秋の七草でございますか？」

今の時季は、そろそろ、早咲きの菊が咲き始めたところであった。

もうしばらくすると、菊見で知られている染井では、軒を並べている植木屋が、独自に改良した見事な菊を咲かせて、美しさと人気を競い合う。

中でも、江戸菊は、彼岸花のように奔放に花弁が開き、江戸っ子ならではの粋な色気を感じさせるせいか、次々に華麗な変種が作り出されていた。

「いかにも、秋の七草だ」

「邪気を払い、万病を除くとして、新年に粥にして食べる春の七草なら存じていますが――」

季蔵は首をかしげた。

ちなみに、春の七草とは、芹《せり》、なずな、御形《ごぎょう》（ハハコグサ）、はこべら（ハコベ）、仏座《ほとけのざ》（コオニタビラコ）、すずな（蕪《かぶ》）、すずしろ（大根）である。

「秋の七草は、万葉集の山上憶良《やまのうえのおくら》の歌に、〝秋の野に咲きたる花を指折《およ》りかき数ふれば七種《ななくさ》の花〟とあり、〝萩の花、尾花、葛花《くずはな》、瞿麦《なでしこ》の花、姫部志《おみなえし》、また、藤袴《ふじばかま》、朝貌《あさがお》の花〟なのだ。あの時代、桔梗《ききょう》が朝貌と呼ばれていたそうだ」

烏谷はむっつりした表情で、すらすらと歌を詠《よ》んだ。

――万葉の頃から歌われている花を愛《め》でるとは、たしかに風流の極みだ――

「さすがお奉行様、よくご存じです。桔梗が朝貌と呼ばれていたことなど、わたしは知りませんでした」

「万葉の頃はまだ、あの夏の朝顔が伝わってきていなかったゆえ、桔梗が朝貌という名であっただけのことだ。何の、わしも何も知らなかったゆえ、調べてみただけのことで、にわか学問にもなっておらぬ。吉川様は、わしとは教養が違うのだ。吉川様は、誰もが一目置く御出自。成り上がりのわしとは月とすっぽんなのだ」

烏谷は軽く舌打ちした。

――お奉行様には吉川様の風流好きが、少々、堅苦しいのだろう――

「ようは、春の七草は口で楽しみ、秋の七草は目で愛でるものなのですね」

季蔵は変わらず、にこりともしない烏谷と向かい合っている。

「庭が見渡せる座敷で、吉川様が秋の七草についてのお話をなさるそうだ。ご妻女が萩にちなんだ茶の点前《てまえ》をご披露くださり、茶懐石もご用意なさるというのを断って、茶の後の料理はこちらが用意することで押し通した。七草のお話だけでも有り難さが過ぎるというのに、飯まで相伴《しょうばん》に与《あずか》ってはいささか、気が引けまするとこの顔で申した」

烏谷はかっと目を見開いたまま、顔中皺《しわ》だらけにして笑み崩れて見せた。

「借りは作りたくないでな」

「たしかに」

「そこでそちの出番じゃ」

「まさか――」

季蔵は絶句しかけて、

「お奉行様の私邸での催しとなれば、相応の料理でなければ――。わたしには荷が重すぎます。あの八百良が、茶懐石の仕出しをしていると聞いておりますから、そちらで――」

「誰が茶懐石を作れと申した？」

烏谷はにやりと笑った。

「しかし、茶席の後ともなれば――」

「つまらぬ」

大声で言い切った烏谷は、

「そもそも、南と北の親睦が肝《きも》であろう？　風流は会の口実にすぎず、そこで、集い合って飯を食うには、和気藹々《わきあいあい》でなければ意味がないとわしは言った。知り合いに腕のいい料理人がいるともな。素直な御気性の吉川様は、入り婿の身ゆえ、料理自慢の奥方様の機嫌を案じはしたが、承知して任せてくださった。そちの料理を楽しみにしてくださっている。どうか、よろしく頼む」

烏谷は形だけ頭を下げた。

——これは大変だ——

季蔵は脇の下に冷や汗が流れるのを感じつつ、深く頭を下げて、

「わかりました、精一杯、精進いたします」

「わしに恥を掻《か》かせてくれるなよ。今回は美味いのは当たり前じゃ」

烏谷は釘《くぎ》を刺すのを忘れなかった。

それから、季蔵は日々、七草の会で供する料理について考え続けた。

——おそらく、南町のお奉行様は上方流を好まれておいでのはず。片や、烏谷様は普段、上方に端を発した料理も喜んでくださるが、七草の会では、意地にかけても、これぞ江戸の美味といった料理でないと、得心されないに違いない——

考え始めるときりがなくなって、明け方まで寝つくことができず、

「どうしたの？　季蔵さん、このところ、目が赤いわ」

おき玖が案じた。

「ええ、頼まれた料理のことで、思い悩むことがありまして——」

季蔵は烏谷から頼まれた出張料理の話をした。

「情けないことに、これぞという案が浮かびません」

知らずと眉間《みけん》に皺を寄せている。

「菓子じゃ駄目かな？　市中じゃ今、いろんな菊に見立てた煉り切《ねき》りが人気だよ。秋の七草とやらを煉り切りにするのはどうかな？」

煉り切りは、茹《ゆ》でた白隠元《しろいんげん》豆と餅粉《もちこ》、砂糖等の扱いやすい生地を、色とりどりに染めて、さまざまな形に作り上げる、気品溢《あふ》れる菓子である。

三吉の言葉に、

「綺麗だろうから、手土産にするにはいいかもしれないわ」

おき玖は季蔵が頷くのを待って、

「三吉ちゃんには、お得意の煉り切りをお願いするわ。まずは、光徳寺《こうとくじ》の安徳和尚《あんとくおしょう》さんのところへ行って。あそこは、今頃、秋の七草が見頃のはず。間違えずに、ちゃんと聞いて、絵に描いてくるのよ」

光徳寺の安徳和尚は先代長次郎と交友が深く、今でも、春には竹林の筍《たけのこ》を掘らせてくれている。

「行ってきまぁーす」

三吉は勇んで店を出て行った。

「土産の菓子を煉り切りにすると決めて、気分がほぐれてきました」

季蔵はほっと安堵《あんど》のため息を洩《も》らした。

上菓子の一種である煉り切りは、京菓子の典型であり、茶席には欠かせない代物であった。

「赤坂の吉川様といえば、お奉行様にならなくても、関ヶ原の頃からの古いお家柄で、御《ご》大身《たいしん》で聞こえてる。特に、茶道具なんかは凄《すご》いものがあるんだって、昔、おとっつぁんが言ってたもの。秋の七草の煉り切りは珍しいから、これで、きっと、奥方様のご機嫌は取り結べるわ」

「ありがとうございます」

「あたしや三吉ちゃんで役に立つことがあったら、何でも言ってちょうだい」

「それではお言葉に甘えさせていただきます。お嬢さん、今の時季の食べたいものを教えてください」

「食べたくなるもの？　どうして？　あたしは毎日、工夫が凝らされた季蔵さんの料理で大満足よ」

おき玖は怪訝《けげん》な顔をした。

「ありがたいお言葉ですが、本当のことをお願いします」

「うーん」

おき玖は困惑気味に目を宙に据えた。

「七草の会のため、お奉行様のため、ひいては、この塩梅屋のためです」

季蔵は押した。

「わかった。小腹が空《す》いたとき、ちらちらと、頭に浮かんだ食べものなら無いこともないけど――」

「それを是非――」

「まずは蒸し蕎麦《そば》。茹でて水に取って笊《ざる》にあげる食べ方もいいけど、あれって夏向きじゃない？　萩や桔梗の花が咲き始めると、時々、風がひやっと感じられるせいかな」

蒸し蕎麦は打った生蕎麦《きそば》をさっと湯通しして、強火の蒸籠《せいろう》で蒸し上げ、水と醬油、味醂のつけ汁で食べる。

「あたし、蕎麦独特の風味が好きなのよ。蒸した方が風味が濃厚に残るでしょ。ごめんなさいね。まさか、七草の会に蕎麦なんて出せないってわかってるのに――」

――出せない理由は他にもある――

かつて、蕎麦を使って、秘密裏に極悪人を成敗した際、季蔵は蕎麦打ちを生涯、封印すると心に決めた。

「あと一つ、このところ、むしょうに食べたくなってるのは、ただの香物鮓《こうものすし》。おとっつぁんの味よ」

「とっつぁんの日記にありました」

香物とは沢庵《たくあん》のことであり、皮を剝いて、薄く小口に切った沢庵を水洗いして、軽く塩気を抜き、固く絞って、固めに炊きあげた飯に塩少々と酢を合わせたすし飯に、混ぜ合わせたのが、香物鮓である。

鯛《たい》や鰺《あじ》等の魚を三枚に下ろして、そぎ切りしたものや、大葉、酢漬けした生姜《しょうが》を刻んで入れても美味であった。

「たしか、今時分、風邪《かぜ》っ引きだったあたしが、さっぱりした口当たりの香物鮓を食べたがったのよ。そしたら、おとっつぁん、ただの香物鮓じゃ、すし飯が冷たくて身体を冷やすだろうからって、すし飯の酢加減を薄くして、〝誰にも言うなよ、これは邪道なんだから〟って、あたしに口止めして、蒸して食べさせてくれた」

――蒸した鮓か。とっつぁんが邪道と言ったのは、江戸ならではの沢庵を蒸しては、上方流になってしまうと思ったのだろう――

「お味はいかがでした？」

「あたし、沢庵好きでしょ。だから、ほんのり温かいすし飯に、沢庵の風味が際立って、とっても美味しかったわ。でも、二度と作っちゃくれなかったけど」

――よし、これだ――

閃《ひらめ》いた季蔵は、

「おかげ様で、やっと、供する料理を思いつきました」

――これはお奉行様と、とっつぁん、そしてわたし、江戸っ子三人分の意地だ――

何としても、得心のいく料理を作らねばと意気込んだ。

四

秋の七草の会が近づいて、鳥谷から季蔵の元に以下のような文が届いた。

吉川様より会に連なる者たちの名が寄せられたので、こちらも、返事をした。次のような面々である。

南町
奉行　吉川直輔
筆頭与力　伊沢《いざわ》真右衛門《しんえもん》
定町廻り同心　島村《しまむら》蔵之進《くらのしん》
町人　廻船《かいせん》問屋　大前屋《おおまえや》吉三郎《きちさぶろう》

北町
奉行　鳥谷椋十郎
筆頭与力　米田《よねだ》彦兵衛《ひこべえ》
定町廻り同心　田端宗太郎
町人　岡っ引き　松次

吉川様はこの会でまずは、ささやかな人数の親睦を深め、無理なく輪を広げて、本格的に南町、北町の和を推進するお考えである。

深川の廻船問屋主で歌詠みの会で親しくしている、大前屋吉三郎を加えてきたのは、風流を介しての親睦に徹し、とかく、張りがちな双方の肩肘《かたひじ》を緩ませるためでもあろう。

しかし、当方では、大店《おおだな》の主も岡っ引きも、町人の身分は同じであると見なして、長きに渉《わた》って、市中見廻りに功のある、松次に末席を与えることにした。

風流、親睦もよろしいが、市中の安全のために尽力するのが、我らが務めと心得る。

この気概が感じられる料理を味わいたいものである。

期待しているゆえ、よろしく頼む。

烏谷

季蔵はふと、土佐屋のお内儀を殺した、盗人の詮議はどうなったのだろうかと気がかりになった。

——お縄になったのなら、瓦版《かわらばん》が騒ぎ立てるはずだが——

まだなのだとしたら、さぞかし烏谷も気を揉《も》んでいるはずなのだが、それについての指図は、まだない。

——お奉行様はよほど、慣れぬ七草の会が気がかりなのだろう——

季蔵はますます気を引き締めた。

いよいよ、その催しの日が訪れた。

「たしかに、お菓子の花は秋の七草に限るわね」

おき玖は、三吉が煉り切りで拵えた七草の花々を見て歓声をあげた。

星形に開く花の形を強調した薄紫色の桔梗、秋の明るい陽射《ひざ》しを想《おも》わせる黄金色の女郎花《おみなえし》、桃色の花姿がたおやかで繊細な撫子《なでしこ》、可憐《かれん》でどことなく寂しげな風情の藤袴、筒型に咲く花が力強く美しい葛、優美そのものの濃桃色の萩、秋の野で風に揺れる穂先が何とも趣き深い薄《すすき》。

三吉は、これらの秋の七草を形作り、紫、黄、紅、茶等の濃淡で彩色し、見事に特徴を捉《とら》えて作り分けていた。

「これなら、きっと吉川様の奥方様もお喜びになるわ」

太鼓判を押したおき玖は、

「他にも喜んでほしい人はいるんだけど――」

言いかけて、

「あ、でも、今、すぐは無理ね――」

口をつぐんだ。

この時、季蔵は、

――これを瑠璃《るり》にも見せてやりたい――

心の病で病臥《びょうが》している瑠璃を想った。

瑠璃は季蔵が堀田季之助《ほったとしのすけ》という武士だった頃の許婚《いいなずけ》である。

この瑠璃に横恋慕した邪《よこしま》な主家の嫡男は、奸計《かんけい》を巡らせて邪魔な季蔵に自害を迫った。主家を出奔して料理人となった季蔵と運命の再会をした時、側室の身となっていた瑠璃の心は主家父子の惨事を目《ま》の当たりにして、壊れてしまったのである。

「そのうち、三吉に秋の七草菓子の教えを乞《こ》おう」

季蔵に言葉をかけられた三吉は、

「お、おいらなんかに、教えだなんて――何、言い出すんですよ」

目を白黒させてうれしそうに頰《ほお》を上気させた。

「それではお嬢さん、行ってまいります」

季蔵と三吉が店を出て、赤坂へと向かったのは九ツ半（午後一時頃）を過ぎた頃であった。

役宅こそ、南町の奉行所内にあるものの、吉川直輔の私邸となると、武家屋敷の並ぶ赤坂まで出向かねばならない。

「ここいらじゃ、狐《きつね》や狸《たぬき》が出てきたっておかしかないや」

三吉は生まれてからまだ、一度も、狐や狸を見たことがなかった。草双紙《くさぞうし》で馴染《なじ》んできただけである。

「あいつらはほんとに人を化かすのかな」

昼日中とはいえ、こんもりと茂る松林の細い道を歩いて行く間、三吉の肩は震え続け、おっかなびっくりの足取りであった。

「お、おいら、こ、こわい」

顔をくしゃくしゃに歪《ゆが》めた三吉を、

「わたしたちは、今、ここへ勝手に踏み込んで近道をしている。住み処《か》にしている狐や狸に怒られても仕方がないが、化かすことなどありはしない。嘘《うそ》をついたり、罠《わな》を仕掛けたりするのは人で、人ほど怖いものはない」

季蔵は励まして、何とか、松林を抜けた。

吉川直輔の私邸は、果てしなくと言っていいほど海鼠塀《なまこ》が巡らされている、広大な敷地の中に建てられていた。

「こ、ここにも、狐や狸がいるんじゃ――」

怯《おび》えた顔のままの三吉に、

「おるぞ、たしかにおる」

長屋門の前で出くわした四十絡みの侍が、にっこりと笑った。

やや長い顔で中肉中背、目尻に笑い皺が目立った。鼻先さえ尖《とが》っていなければ、温厚そのものの顔つきであった。

「もしや、本日の会においでの方ではございませんか？」

季蔵はすでに、三吉と分けて担いでいた、料理の素材や道具の入った行李《こうり》を下ろしていた。

あわてて、三吉がそれに倣う。

「それがしは伊沢真右衛門」

伊沢は笑みを消さずに名乗った。

「てまえは――」

季蔵も挨拶を返そうとすると、

「名だけでよい」

――この方は南町の筆頭与力である身分は口になさらなかった――

「本日、皆様に料理を供させていただく塩梅屋季蔵と申します」

「なるほど」

伊沢が頷いたところで、

「伊沢様、お待たせしました」

年齢《とし》の頃二十三、四歳の侍が息を切らせて走って、伊沢に駆け寄った。

鼻筋がすーっと綺麗に通った、いわゆる役者顔というよりも公家《くげ》顔で、痩《や》せて首が細く、肩幅が狭いせいで、背丈よりも小柄に見える。

――この方が島村蔵之進様――

すでに、会の出席者の名は季蔵の頭の中に入っている。

「遅くなって申しわけございません。途中、ついつい寄り道がしたくなりまして――」

目を細めて、にこにこ笑っている島村は、たいして、申しわけないという顔をしていない。

「今頃は鈴虫がよい声で鳴くゆえ、おまえも楽しかろう」

――島村様も風流がお好きなようだ。見かけ通りの御仁だ――

「島村、この者たちが、おまえに挨拶をしたがっておるぞ」

「日本橋は木原店の一膳飯屋塩梅屋季蔵でございます。この者は手伝いの三吉と申します」

季蔵は形通りの挨拶をし、三吉はずっと頭を下げたままでいる。

「料理人であったのだな。俺は南町奉行所定町廻り同心、島村蔵之進だ」

さすがに島村は身分を名乗った。

季蔵が三吉を促して、裏門へと回ろうとすると、

「おまえさんたちはこれから料理の仕込みか？」

伊沢は声を掛けてきて、

「左様でございます」

「われらはこれから、会の始まる刻限まで、吉川様、いや、お奉行様と共に、奥方様から、源氏物語についてのお話をうかがうことになっておる」

――それで、このように早くからおいでだったのだな――

季蔵は合点した。

南町奉行の妻律《りつ》は、高い誇りと勝ち気を絵に描いたような、やや吊り上がった目の持ち主で、厨《くりや》脇の小部屋に通された季蔵と三吉が挨拶をしても、

「木原店の塩梅屋？　知らぬ名ですね」

そっけなかったが、

「これはこの者が秋の七草に模して作りました」

桐箱に調えた煉り切り菓子を女中から渡されると、蓋《ふた》を開けてじっと見入り、

「思い出しました。知らぬ名ではありませんでした」

目尻が幾分下がったように見えて、

「料理人風情では、めったにないことでしょうが、本日は特別です。奥座敷の萩の茶においでなされ」

有無を言わせぬ口調で言った。

律が去った後、

「萩の茶って、いったい？」

三吉が心細そうに訊いてきた。

萩の花の咲く時季に、座敷か茶室に秋の七草を活《い》けて飾り、赤い毛氈《もうせん》と更紗《サラサ》を畳に敷き、点前一式が納められている茶箱から、茶碗や茶筅《ちゃせん》を取り出して、客人に一服の茶を供するのが、萩の茶会である。

「塩梅屋を覚えていると奥方様がおっしゃり、これから奥座敷で行われる茶会にと、声をかけてくださったのは、おまえの七草の花菓子をたいそう気に入られたからだ。有り難く、お褒めの言葉と受け取ればいい」

「よかった。おいら、てっきり、意地悪だって勘違いしちゃったよ。だったら、料理の方もお褒めに与らなくっちゃ、頑張らなくっちゃ――」

伏し目がちだった三吉の顔が輝いた。

「その意気だ」

勝手の違う武家での出張料理とあって、ともすれば、萎縮《いしゅく》しがちな三吉を季蔵は励ました。

五

「大変ありがたい仰せでございますが、わたくしどもは取るに足らない料理人でございますし、料理の仕込みもございますので」

茶会こそ、何とか、辞退することができたものの、

「料理の前に、殿様が秋の七草についてのお話をなさいます。心して、伺うように」

律の言葉を再度、女中が伝えてきた。

――茶会の前に源氏物語談、会食の前は秋の七草の話とは、よくよく風流と講話がお好きなのだな――

季蔵は心の中で苦笑しつつも、

「もったいないお言葉、身に余る光栄でございます。ご厚意に甘え、拝聴させていただきます」

従わぬわけにはいかなかった。

——やれやれ、奇《く》しくも、仕込みに時がかからぬ料理であったのが幸いだった——

季蔵が襷《たすき》を外しかけると、

——おいらも行かなきゃ駄目？——

三吉の怯えた目に目が合った。

「さあ——」

季蔵は三吉を促して微笑《ほほえ》んだ。

季蔵が奥座敷の廊下に平伏すると、

「ここの座敷から見渡せる〝源氏の庭〟は、源氏物語を書いた紫式部の京の別宅、廬山寺《ろざんじ》の源氏の庭を模して造らせたものなのです」

律は自慢げに胸を張った。

萩の茶会が行われ、引き続き会食が催される奥座敷からは、白い玉砂利と水苔《みずごけ》が波打つ間を縫って、桔梗の花が凛《りん》と咲き誇っているのが見える。

上座には吉川と烏谷がならんで座っている。

吉川直輔は特に印象に残らない顔立ちではあったが、よく光る、秀《ひい》でた額の持ち主であった。

——お奉行様が動なら、吉川様は静だ——

吉川の下手には伊沢真右衛門が、烏谷の下手には米田彦兵衛と思われる、童顔のせいで若くは見えるが若白髪の目立つ、四十歳を出るか、出ないかの年齢の男が座っていた。

——まるで、縮んでしまわれたお奉行様のようだ——

米田彦兵衛はころころと肥えた丸顔で、どんぐり目まで似ていて、こうしてみると、大小の烏谷がかしこまっているようである。

南町の定町廻り同心である島村蔵之進は、目を細めていて、北町の田端宗太郎の方は、怒っているように見える、普段通りの仏頂面で、しゃっきりと背筋を伸ばしていた。

——このお二人、不可解な様子は似ていないこともない——

町人組の方は、でっぷりと太った大前屋吉三郎が、島村とそう離れずに座って、悠然と外の景色を眺めている。

一方の松次は、田端から遠く隔たった場所に、這《は》いつくばるように座り続けていて、ひい、ふう、みい——と、声を殺して、ひたすら、畳の目を数えていた。

「末席に連なるよう、奥方様より、お許しをいただきました——」

季蔵が名乗ると、

「吉川様、この者たちがお話しした料理人でございます。主の季蔵は、わしが江戸一と見込んでおる者です」

常になく、力んでいる烏谷は強《こわ》ばった声を出した。

季蔵は三吉にも頭を下げさせると、並んで松次の隣りに座った。

ほーっという松次のため息が洩れ聞こえてきた。

「本日は世話をかけるが、よろしく頼む」

吉川はねぎらいの言葉を二人に掛けた後、

「それでは秋の七草の話をする」

「はっ」

伊沢と島村は同時に懐紙と矢立《やた》てを取り出し、あわてて、米田が倣った。

「はっ」

「万葉にある山上憶良の歌は、皆、周知であるゆえ外す。まずは桔梗。この花は戦国の武将明智光秀等を輩出した、名門土岐《とき》氏の紋所、桔梗紋として名高い。毅然《きぜん》とした草姿は武家の花と言ってよい。女郎花は、平城《へいぜい》天皇の御世から伝わる悲恋の花だ。男に捨てられた女が山吹色の衣を脱ぎ捨て、川に身を投げて死んだところ、その衣が朽ち果てた後、女郎花の目映くも可憐な花が咲いた。また、撫子が形見草とも言われるのは、子に先立たれ嘆き悲しんだ親が、共に愛した撫子の花を形見にしたという、哀しい伝説によるものだ」

そこで、吉川が一度言葉を切ると、

「きてみればなき世の人のかたみ草いくたび我れは袖《そで》ぬらすらん――莫伝抄《ばくでんしょう》にもございますな」

烏谷が一声あげた。

莫伝抄とは、平安の昔の和歌、古語、秘話を集めたものである。

――お奉行様の勝ち気も、にわか風流もここまでくればたいしたものだ――

「左様、素朴でよい歌です」

吉川が微笑んだとたん、りんりんと虫の音が響いて、島村の左袖から鈴虫が一匹、這い出て、畳の上を跳ねた。

さすがに吉川は眉をひそめ、

「島村、無礼が過ぎるぞ」

早速、伊沢の叱責《しっせき》が飛んだが、

「女郎花さかりの色を見るからに露のわきける身こそ知らるれ——こちらは紫式部日記からでございます」

すらすらと詠んだ島村は奥方の方を見た。

「まあ、よくご存じで」

吉川の脇に控えている律は、にっこりと笑った。

「奥方様からご教授いただいている、源氏物語の書き手が気になって、紫式部の日記をひもときました」

「この歌は紫式部が、藤原道長に初めて会った時のものです。源氏物語の光の君は道長を模したとも言われています。光り輝く美丈夫《びじょうふ》の道長を前にして、夫と別れて年齢を重ねた式部の切ない女心が、盛りの女郎花に比べて歌われているのです」

律は鼻高々に、勘所《かんどころ》を得た解釈を口にした。

吉川は鈴虫が跳ねたことなど忘れたかのように、

「後はそちが話してはくれぬか」

話を妻に譲った。

「承知いたしました」

律は頷くと、

「藤袴については、藤の蔓《つる》で織った袴をはいた美しい女が、秋の野原でこの花に変わったという伝説がございます。それから、葛には、清少納言が枕草子で〝葛の風に吹きかへされたる裏のいと白く見ゆるをかし〟と書いています。昔から葛の根から、葛粉が採られていたので、葛粉の白さに、葉裏の白さを掛けたのではないかとわたくしは思います」

――これは面白い――

季蔵は感心した。

「山上憶良が歌の中で、一番にあげたように、萩は、わたくしが最も好きな秋の七草の一つです」

律は先を続けた。

「万葉の昔から愛されてきたこの花の名の由来は、生《は》え芽《き》が転じたゆえだと言われています。古い株からよく芽が出ることを生え芽というのです。秋に咲く優美な花なので、後に萩という字が使われたのです。最後に薄ですが、その名の由来は、すくすくと立つ木のようでもあり、株と株がすれすれに接し合っている様子から、薄の字が当てられたとされています。あるいはこの字でも――」

律はそばにあった硯《すずり》に筆を浸して、料紙に芒と書いてみせ、

「わたくしは、この芒の字が一番、風情があって好きです。獣の尾に似た花穂の姿から、尾花《おばな》と呼ばれることもありますが、わたくしの好きな呼び名ではありません」

締め括った。

——普段、あまり、聞くことのできない、興味深い話が聞けた。瑠璃は草木のことなら、どんな話でも好きだった。瑠璃にも、聞かせてやりたい——

すると、

「山は暮れて野は黄昏《たそがれ》の薄かな」

隣りで松次の呟く声が聞こえた。

——たしか与謝蕪村《よさぶそん》の句だった——

「ふん。——」

柔らかかった律の声が尖って、

「この席でそんな低俗なものを——」

「あっ」

しまったとばかりに、松次は真っ青になったが、

「わたくしも蕪村の句は好きでございます」

大前屋が、うんと大きく頷いた。

「よい句だ。様子が鮮やかに目に浮かぶ。わかりやすく、薄の風情が心を打つ」

烏谷が言い切ると、

「そうですな」

静かに吉川が相づちを打った。

「まことに結構なお話でした。それでは、そろそろ料理の方を――」

烏谷に目配せされ、

「まずは、これを――」

季蔵は用意していた紙を差し出した。

それには以下のように書かれている。

炙《あぶ》り蒸し鮨《ずし》三種
甘鯛の炙り蒸し鮨
烏賊《いか》の炙りちらし蒸し鮨
海老《えび》の炙りちらし蒸し鮨

「たったこれだけとは――。いったい何なのだ?」

烏谷は詰問口調になった。

すでにこめかみに青筋が立って、額が冷や汗で濡《ぬ》れている。

六

「蒸し鮨といえば、上方《かみがた》では、奉公人の賄《まかな》いだという話を聞いたことがあります」

さらに、律が洩らした。

一瞬、しんと静まりかえって、座敷の面々が、困惑の極みとなった。

──何だか、いやーな様子になってきたぜ──

三吉は、松次の背中が小刻みに揺れているのを見て、

──まさか、無礼討ちなんてことはないよね──

上目遣いに季蔵の顔を見たが、季蔵は常の平穏な表情で、動じている風は少しもなかった。

この時、懐紙と矢立てを懐にしまった米田彦兵衛が、

「この世の食べ物で一番好きなものは？　と尋ねられたら、迷うことなく米、とそれがしは答えます。米ほど素晴らしいものはありますまい。それがしの名に米がつくからではありません。先祖代々江戸に住まい、土に汚れずとも生きていられるのは百姓のおかげです。百姓が精魂込めてつくった米が、それがしは愛《いと》しくてなりません。味噌汁《みそしる》で一杯、目刺しで一杯、沢庵で一杯。三杯の丼飯を食べるのがそれがしの至福です。蒸し鮨も丼物と見ました。できれば、三種とも食してみたいです」

と取りなした。

南町の伊沢と島村は、これ以上、座を白けさせないために、

「なるほど、なるほど」

「そうですね」

うんうんと頷き、

「上方にいる知り合いがたいした食通で、蒸した酢飯も美味いと言っていましたから、いずれ、賄いなどではなくなるでしょう」

大前屋も洩らしたが、律だけは、

「でも――」

なおも不満げに頬を膨らませ、

「もう、よいではないか」

夫の吉川に諫《いさ》められ、

「ま、米田のいうことにも一理あるな。塩梅屋は百姓の心を生かすことができる料理人でもある」

烏谷がこの話をしめた。

「それでは、恐れながら、本日の献立について話させていただきます」

季蔵は座ったまま、改めて一礼して、

「蒸し鮨を思いついたのは、ここのところの朝夕の冷え込みゆえです。鮨の美味さの極みは活きのいい魚とつんと鼻にくるすし飯の取り合わせなのですが、身体がほのぼのと温か

くなる、蒸し鮨は心まで温まって、この親睦の会にふさわしいように思えたのです」

邪道だと言っておき玖に口止めしていた、長次郎の思いつきについては、伏せて先を続けた。

「具の魚介を炙ってみたのは、生とは異なる、炙りならではの旨味《うまみ》を味わっていただきたかったからです。それで、下味をつけて焼いた魚介を、卵や銀杏《ぎんなん》等と共に、薄い味つけのすし飯の上に載せ、蒸した三種の鮨にしてみました。味噌漬けにして炙った甘鯛は旬ですし、烏賊と海老を選んだのは、わりに好き嫌いの少ないものだからです。烏賊と海老は、それぞれ、照り焼き風に醬油と酒、味醂で下味して炙っています。甘鯛、烏賊、海老とある、炙り蒸し鮨のうち、お好みのものをお申しつけください。烏賊と海老のすし飯には、ちらし風に微塵《みじん》に切って、出汁で煮含めた干瓢《かんぴょう》や人参《にんじん》、蓮《はす》が混ぜてありますが、味噌味が強い甘鯛だけは、あえて、ちらしにせず、ただのすし飯と合わせました。米田様には、三種ともご用意いたしましょう」

「ならば、皆様も三種とも召し上がってはいかがかな?」

烏谷の勧めに、

「では、そういたそう」

真っ先に吉川が同意し、

「われらも同様にお願いする」

南町の一同も同調し、

「上方の知り合いに自慢ができることでしょう」

吉三郎も洩らして、律も渋々、

「旦那様と同じで」

と言った。

「親分は？」

季蔵が声を低めて訊くと、

「もちろん、あっしらは、お奉行様と一緒で——」

松次はちらと、無言を続ける田端の方を窺《うかが》った。

——こういう時は酒が主で、肴にはほとんど手をつけない田端様を案じているのだな
——

「あえて汁は作らず、酒か茶で素朴に召し上がっていただきたいです。これもまた、秋の野にいるかのような風流ではないかと——」

酒か茶かを尋ねると、田端だけが、

「わたしは茶を願いたい」

と応えた。

この席で、名乗って以降発した、最初の一言がその言葉であった。

この後、米田には大丼で、他の人たちには、並みの大きさの丼で、三種の炙り蒸し鮨が供された。

「炙った味噌漬けの甘鯛が、これほど蒸した酢飯と合うとは知らなんだ。もう一膳もらえぬか」

吉川はすっかり、甘鯛の炙り蒸し鮨が気に入り、

「これほど、食べたと満足できる、こくのある甘鯛を口にしたのは初めてです」

伊沢が追従し、

「卵の飾り方が、海老のには切り分けた茹で卵で、甘鯛のには錦糸卵、烏賊のには小さく、四角に切り揃《そろ》えた卵焼きと、三種三様なのに、感心いたしました。京料理を想わせる、行き届いた心配りです」

律の機嫌もなおり、

「海老や烏賊の下味が素晴らしい。好きな海老や烏賊がますます好きになりました」

島村は忙しく箸を動かし、

「上方の知り合いが食したら、作り方を教えろとうるさいでしょうな」

吉三郎は満ち足りた、ため息をふーっと大きくついた。

「たしかに味を染ませた魚介を炙って、酢飯と一緒に蒸し上げた風味ときたら、曰《いわ》く言い難く、美味さに深みと厚みがある。萩茶の上菓子が京を映した雅そのものなら、この炙り蒸し鮨は、炙りの素朴さが江戸らしくもあり、飾りの細やかさ、すし飯を蒸すという発案は、やはり、上方風だが、総じると、立派に塩梅屋季蔵流になっておる。この三種で、何種もの料理を味わったのと同じ満足を得ている。季蔵、褒めて遣わす。大儀であった」

箸を取ってからの烏谷は上機嫌であった。

「三杯といわず、あと三杯、甘鯛のも海老のも烏賊のも食える——」

米田は怪気炎を上げ、

「ご用意いたします」

こんなこともあろうかと、具やすし飯を大めに用意してきた季蔵は、即座に応えることができた。

一方、松次は不作法があってはいけないと、ゆっくりと、箸ですし飯や具を挟んで、口に運びながら、ちらちらと田端の方を見ている。

驚いたことに酒ではなく、茶を頼んだ田端は、修行僧のような面持ちで、松次よりも早く箸を遣っている。

お代わりをしなかったせいもあるが、八人の中で一番初めに平らげて、箸を置いたのも田端だった。

「結構な味でした」

膳に向かって、礼儀正しく手を合わせる。

——田端様はお奉行様に恥をかかすまいと、あえて酒抜きで懸命に召し上がったのだ
——

松次も田端に倣って、箸を動かす手を早めた。

こうして、南町奉行吉川直輔私邸で行われた、南北奉行所の親睦会は幕を閉じた。

翌日の昼過ぎのことである。

「邪魔するぜ」

戸口に松次の声が響いた。

「いらっしゃいませ」

おき玖は素早く、田端には冷や酒の入った湯呑《ゆの》みを、松次の方には甘酒を用意した。

「昨日は世話になったな」

田端が珍しく季蔵をねぎらった。

「お疲れ様でした」

季蔵が返すと、

「ここの甘酒が一番だよ」

松次は空になった湯呑みをおき玖に差し出した。

「もう一杯」

「親分、よほどお疲れだったんですね」

おき玖の言葉に、

「お二人ものお奉行様がおられるお席に、あっしみてえなもんを、呼んでもらったのは、有り難《が》てえことだったが――」

とんとんと両肩を交互に叩くと、

「正直疲れたよ」

するりと本音を洩らして、

「今日は一番鶏が鳴く前に、大前屋までかけつけたしな」

「何かあったのですか？」

「大前屋の女隠居が、殺された」

「大前屋さんというと、昨日の会でお目にかかった――」

「そうだよ、深川にある、廻船問屋《ぎゅうじ》の大前屋だ。女隠居は死んだお内儀の母親で、隠居する前は、女ながら、廻船問屋を牛耳っていた。近く、大前屋とお内儀との間にできた一粒種の孫娘が、自分の選んだ老舗《しにせ》の三男坊と祝言《しゅうげん》を挙げ、いずれ、婿と一緒に店を継ぐのを楽しみにしていた。大前屋は奉公人でこそなかったが、食うや食わずの旗本の部屋住みの四男坊で、娘が惚《ほ》れぬいて、駆け落ちまで仄《ほの》めかしたんで、仕方なく、おっかさんの女隠居が折れ、渋々、二人を添わせたんだそうだ。ただし、これが当たりでね、そこそこの店だった大前屋を小網町の長崎屋《ながさきや》と並ぶ、大店にしたのは、吉三郎の才覚だって話さ」

七

――吉三郎さんは武家の出身だったのだな――

季蔵は意外だった。

恰幅《かっぷく》がよく、ゆったりとした物言いをしていた吉三郎は、全体の印象が少しも角張っておらず、如何《いか》にも、先祖代々の商人然としていたからである。

「今月は我らが北町が市中見廻りではあるが、もう、あと幾日もなく、次の月となり、七草の会での親和を生かすべく、この件については、南北で力を合わせて詮議することと相成った」

田端は駆けつけ三杯の酒を空けたところで告げた。

「まあ、大前屋とは、あの席で袖を擦り合ったのも何かの縁だよ。あっしが駆けつけると、有り難い、心強いって手を合わしてくれた。南町のお奉行様のところでも思ったが、大店だからって、ちっとも偉そうじゃなく、俺がつい、口を滑らした蕪村の句にも味方してくれたし、分をわきまえた、悪かねえ奴だよ、大前屋は――。今度は娘が狙われるんじゃねえかって、はらはらしてて気の毒だ。一刻も早く、下手人を挙げてやりてえもんだ」

松次は言い添えた。

――お奉行様が、よく承知されたものだ――

季蔵は苦笑いをしている烏谷を思い浮かべた。

――力を合わせてなどというのは、吉川様が、お好きなご自身の風流を広めるための建前だとばかり思っていたが――

「そこで一つ、頼み事がある」

田端は先を続けた。

「何でございましょう」

「ここをしばらくの間、南と北、島村殿と我らが落ち合う場所とさせてくれぬか。迷惑はかけぬ。そもそも、客たちのいるところでは、話はできぬのだから、昼の間と暖簾《のれん》をしまった夜半に限ってのことだ。この通りだ」

おき玖は、田端が季蔵に頭《こうべ》を垂れる姿を初めて見た。

——これじゃ、季蔵さんまで、この捕り物につきあうも同然だものね——

「わかりました」

季蔵は頷くと、

「すまない」

「ここでよければ、どうか、ご自由にお使いください」

「それでは、ちと、今日はこれから野暮用があるゆえ——」

田端は立ち上がり、松次を残して出て行った。

「旦那の野暮用ってえのは、市中、見廻り日誌の整理なんだが、そんなことより、もう闘いは始まってる。何としても、うちの旦那に勝ってもらわねえと——」

「闘いというのは、南北による詮議のことですね」

「そうだよ、もちろん。あっしという者がついていて、あの島村様に勝たせるわけにはいかないんだ」

松次は力んだ。

「島村様はおおらかな方とお見受けしましたが——」

——強面《こわもて》とはほど遠く、あれでは凄むこともできそうにない——

季蔵が海老と烏賊の炙りちらし蒸し鮨の膳を運んだ時、島村は片袖からひょいと、一度は畳の上を跳ねた鈴虫を取り出して見せ、田端以外はしたたかに酔っている周囲を見澄まして、

「俺は、ほんとうは、風流よりは虫や鳥が好きでな」

と片目をつぶったことを思い出した。

——源氏物語も紫式部日記も、新しいお奉行様へのご機嫌伺いにすぎず、身すぎ世すぎ。実は同心よりも、生き物の学者にでもなる方が向いているように見えた——

「南町のお手先連中に聞いたところ、島村様ってえのは、おべんちゃらが往来を歩いているようなお人だとさ。うちの旦那とは大違いだ。もっとも、島村様のおべんちゃらの師匠は筆頭与力の伊沢様だから、よほど、年季が入ってらあね。島村様が切れ者だという話は、とんと聞かねえから、まあ、いつも通りなら、島村様なんぞは、いてもいなくてもどっちでもよくて、うちの旦那が鋭い頭で下手人を追い詰め、お縄にするだろう。けどさ、今回はそれで当たり前なんだよ」

松次は憂鬱《ゆううつ》そうに顔をしかめて、

「そうなんねえと、俺の立つ瀬がねえ」

思い詰めた金壺眼を季蔵に向けた。

「もしや、島村様はお手先をお使いにならないのでは？」

——そういえば、先ほど、田端様はここで落ち合う南町の方のうち、島村様の名だけを

おっしゃった――

「そうなのさ、なぜか、島村様はお手先を使わねえんだ。表向きは、前に手札を与えてた岡っ引きが中風で寝込んでて、思いやりでお役を返上させずにいるってえ話だ」

「伊沢様もそれを認めておられるのですね」

「あの人は筆頭与力の地位に安穏《あんのん》としてられりゃ、それでいいんだっていう噂《うわさ》だよ」

「そうは言っても、筆頭与力になるには、それなりのお力が必要でしょう？」

「うちのお奉行様に仕えてる米田様にあるのは、忍法みてえな、捨て身の太鼓持ち術だけだろうが――」

――それは言える――

「でしたら、もはや、甘い水の中で泳いできた伊沢様や島村様など、田端様や親分の敵とも言えないでしょう」

「そうだよな」

松次は自分に言い聞かせるように頷いた。

「時に親分、盗まれたものはなかったのですか？」

「それは今、大前屋が蔵の中身を調べているところだ」

「ご隠居様の骸は？」

「まだ大前屋にある。ここで一息入れてから、大前屋へ戻る」

「わたしもお供したいのですが――」

「あんたが？　また？」

「大前屋さんとは袖擦り合い、田端様、親分とは浅からぬご縁ですので、いてもたってもいられません」

「仕様がねえな」

もはや、松次はそう、嫌な顔はしなかった。

大前屋は廻船問屋だけあって、大川と二つの掘割《ほりわり》に三方を囲まれた地に浮かぶ城のような趣きの商家であった。

――長崎屋さんとは大違いだ――

長崎屋は、元二つ目の噺家《はなしか》松風亭玉輔《しょうふうていたますけ》で、季蔵とは長いつきあいの仲である。

大前屋の対抗馬がこの長崎屋なのだが、元噺家だけあって主の五平《ごへい》は、まっすぐな気性に裏打ちされた、人を逸らさぬ洒脱《しゃだつ》な話術で商いに成功している。

取引先を招待しての噺の会に、季蔵が噺にちなんだ料理で花を添えたこともあった。

長崎屋にも小舟が荷下ろしする船着場と掘割はあったが、行き来する船を見ていると、船が戻っていく先に、広々とした川を、さらに続いている海を想うことができた。

店が、城のように、重く、堅苦しく感じられる、大前屋とは対照的であった。

――長崎屋さんが陽なら、まさに大前屋さんの商いは陰なのだな――

「大前屋はお客はそう多くないもんの、吉川様みてえな大物を握ってる上に、元お旗本ってこともあって、お上への取り入り上手、人知れず財を増やしたんだとさ」

女隠居が起居した部屋に入ると、季蔵は女隠居の骸の前に屈《かが》み込み、手を合わせた。

「首を絞められていますね」

首を絞めた紐《ひも》の赤い痕がある。

女隠居のやや白く濁った目は、かっと見開かれて満身の恨みを込めていた。

――普通は苦しみの余り、口を開くものなのだが――

季蔵は真一文字に嚙みしめられている老婆の口を開かせた。

――これは――

しっかりと咥《くわ》えているのは、潰《つぶ》れた薄桃色の花だった。

ふと見ると、床《とこ》の間《ま》には、薄桃色の桔梗が大きな花器に活けられていた。

――薄桃色の桔梗とは珍しい――

「ここを見てください」

一段高い、床の間のへりの傷に、長い白髪がへばりついている。

「御隠居様はこのようにして――」

やおら、季蔵は畳の上に横になって、自分の頭を床の間の縁にのせた。

「親分、わたしの上に乗って、首に手をかけてみてください」

「あいよ」

季蔵は松次の重みを感じながら、花器に近い方の右手を精一杯伸ばすと、最初に手に触った桔梗の花を引き千切った。

この時、季蔵は薄桃色の桔梗の花を手にした。

花を千切られた桔梗は茎だけになった。

「婆さんの腕はあんたほど長かねえからな」

松次は活けられているもののうち、草丈の低い桔梗に目を凝らし続け、

「よし、これだ」

抜き取った桔梗には、花がついていなかった。

第二話　禅寺丸柿

一

「失礼をいたします」

主《あるじ》の大前屋《おおまえや》吉三郎《きちさぶろう》が障子を開けた。

「ご苦労をおかけいたしておりまして」

吉三郎は肥えた身体《からだ》を大儀そうに二つに折った。

「今、娘の様子を見てきたところでございます」

「娘さんはいかがされました？」

季蔵《としぞう》の言葉に、

「塩梅屋《あんばいや》さんでしたか。昨日は大変お世話になりました。つい、ぼんやりしておりまして、ご挨拶《あいさつ》が遅れました」

吉三郎は困惑気味に詫《わ》び、

「この塩梅屋は、こと事件についちゃ、そこそこ、謎解《なぞと》きが出来るんで、連れてきたんだ」

松次《まつじ》は季蔵を伴っている理由《わけ》を話した。

「頼りにさせていただきます」

吉三郎はさらに丁重な物腰となり、女隠居の無残な骸《むくろ》を、孫娘である、自分の娘が見つけた話をした。

「母親が幼い頃亡くなったせいで、娘花江《はなえ》は義母《はは》に育てられ、母のように慕っていたのです。朝餉《あさげ》になっても、起きてこない義母を案じて、この部屋に来て、義母の変わり果てた姿を見つけたとたん、〝きゃーっ〟と悲鳴を上げ、わたくしたちが、駆けつけた時には気を失っていました。部屋へ運び、お医者様に診《み》て頂いて、今やっと、落ち着いたところなのです」

「祝言が近いってえのに。大事にしねえと」

「ところが、娘は祝言を楽しみにしていた祖母様《ばばさま》に見てもらえないのなら、いやだと言い出しまして――。楽しみなのはわたくしも同じなので、とりあえずは、娘の気持ちを汲《く》んで先に延ばすことにいたしました」

吉三郎の話が一区切りついたところで、

「親分、ちょっとそれを――」

花の無い桔梗《ききょう》を松次から受け取った季蔵は、

「この茎には、この花が咲いていたのではないかと思うのです」

袖《そで》にしまった、二つ折りの懐紙を取り出して広げた。

女隠居が嚙《か》みしめて潰《つぶ》れた、薄桃色の桔梗の花である。

花を見つけた経緯を語った。

「義母は桔梗に凝っておりまして、紫だけではなく、このような薄桃色、白、それに、昨年、桔梗競《くら》べでご褒美をいただいた、幻と言われている黄色までも、庭に咲かせておりました。賊に襲われた刹那《せつな》、咄嗟《とっさ》に、日頃の桔梗への執着が、このような行いをさせたのではないかと——」

「桔梗は武士の花と吉川《よしかわ》様がおっしゃっておいでででした。大前屋さんもお好きなのでは？」

「わたくしの出自《しゅつじ》をご存じなのですね」

吉三郎は微笑《ほほえ》んで、

「お恥ずかしいお話ですが、わたくしは義母の桔梗好きに追従してまいりました。桔梗の株分けや、新種を作るための交配等の手伝いをしております。もちろん、桔梗は嫌いではございませんでしたが、望まれて婿になった身ではないので、商いを繁盛させるだけでは、よしとしてくれない、気むずかしい義母の機嫌を取るためででした」

率直に語った。

「昨晩は家においででしたか？」

季蔵はためらわなかった。

「七ツ半（午後五時頃）、皆さんを吉川様のお屋敷の式台でお見送りした後、奥方様にお願いして、源氏物語の続きを伺わせていただき、五ツ（午後八時頃）に遅い夕餉《ゆうげ》となりました。塩梅屋さん、あなたが残していってくだすった、蒸し鮨《ずし》を美味《おい》しくいただいたのです。残りものを食すとはずいぶんだと思われるかもしれませんが、吉川様や奥方様のような方々は、食べ物よりも、好きな風流や見聞が何よりなのです。これも大前屋流の商いでございまして」

――なるほど、豪華絢爛《けんらん》の山海の珍味と相場が決まっている、商人のもてなしにも、共に相手の趣味に浸《ひた》りきるという、奥義があったのか。それにしても、皆が帰った後、さらに源氏物語の講釈を聞き続けるとはたいした根性だ。伊沢《いざわ》様、島村《しまむら》様のべんちゃらなど取るに足りぬ。それゆえ、この人はさらなる財を築いたのだ――

「そりゃあ、書物に親しみのある、おまえさんだからこそできる芸当さね」

松次の言葉に、

「とんでもありません。これは、草双紙好きな義母のためでもあるのです。目を悪くしていた義母は、以前のように、草双紙を読むことができずに難儀していました。そんな義母に、てまえは、奥方様から、ご教示いただく源氏物語を、読み聞かせていたのです。昨日は、奥方様のお時間をいつもより、多くいただけたので、義母のために、夕顔、若紫、末摘花と、貴重なお話の数々を書き留めてまいったというのに、聴かせてやれなかったことが悔やまれて――。こんなことに――」

吉三郎は声を詰まらせて両の拳《こぶし》を握った。

「それで盗まれたもんなんだがな」

松次は切り出した。

「蔵にあった金の仏像だけというのに間違えねえかい？」

「はい」

「本当に、盗まれたのは金の仏像一体だけですか？」

季蔵は訊《き》かずにはいられなかった。

「ええ」

「ご隠居様は、ここで殺されていました。蔵とここは離れています。よほど、ここに貴重なものがあるとわかっていなければ、人一人を殺すとは思えません」

「もしかしたら――」

吉三郎の顔に緊張が走った。

あわてた様子で、女隠居の桐簞笥《きりたんす》の引き出しを開けていく。

「義母は衣装道楽でございました」

どの段にも、何枚もの着物が重ねられている。

「盗まれているものがございます」

「何だい？」

松次は何かよほど、高価なものでもあるのかと、引き出しの上から下まで、何度も目を凝らした。

「着物の間に小判でも挟まってるんじゃなきゃ、ほかにしまってあったもんがあるとは思えねえんだがな」

「金剛石《こんごうせき》（ダイヤモンド）でございます」

――南蛮ではたいそう珍しく、玉《ぎょく》と言われるものの中でも、高価なものだ――

季蔵が以前、仕えていた鷲尾《わしお》家の主は、長崎奉行を務めたことがあり、鷲尾家の蔵には、出島を経た南蛮渡りの異国の品が納められていた。

――無色透明で、絶えず、きらきらと光り、固いゆえに壊れず、不滅の石だという話でもあった――

「縁あって、義母は金剛石を手に入れ、守り神と崇《あが》め奉《たてまつ》り、娘の祝言の日に譲り渡すつもりだと申して、大事にしておりました」

「金剛石のことを知っているのは？」

「義母は奉公人には気を許していましたので、店の者なら、誰でも知っております」

「ってえことは、この店の誰かが他所《よそ》で話して、盗人《ぬすっと》の耳に入ったってえこったな」

松次が独りごちた。

「人の口に戸はたてられませんから、そうとしか考えられません」

吉三郎はため息まじりに頷《うなず》いた。

すると、そこへ、

「旦那様、たった今、掘割から仏像が見つかりました」

番頭の一人が息せききって報《しら》せに来た。

「念のためと、掘割を探させていたのです。蔵から盗まれた仏像は金が四貫（約十五キログラム）も使ってあり、身の丈は一尺（約三十・三センチメートル）もある、大きなお宝なのです。わたくしが鎌倉の高僧に勧められて、作らせた金剛力士像なのです。運ぶには人手が要るでしょうから、いったん、掘割の中に隠しておいて、機会を狙《ねら》って、取りに来るつもりだったのではないかと。それで、もしやと思い、掘割の中を浚《さら》わせていたのです。そうか、やっぱり、出たか──」

「旦那様は以前、あの仏像は千両箱二箱分だとおっしゃっていました。それほどのものが戻ってきて、本当によかったです。この大前屋の身代が減らずに済んだんですから。よかったです、よかった──」

番頭は両手を叩いて喜んでいたが、

「このような時に、止《よ》しなさい」

吉三郎は諫《いさ》めたが、その目は深い安堵《あんど》で和《なご》んでいた。

──金剛石と金剛力士像──もしかしたら、この符合まで、義母である女御隠居の機嫌を取り結ぶためだったのかも──

大前屋を出た松次は、

「いやはや、入り婿ってえのは、てぇへんな気苦労なもんだな。けど、お大尽の家は跡継ぎの男の子が生まれず、やっと生まれた女の子に入り婿ってえのが多い。あ、そういや、今月に入り、お内儀を殺されて、お宝を盗《と》られた海産物問屋の土佐屋《とさや》の主も、婿さんだったよな」

相づちをもとめられた季蔵が頷くと、

「盗みのためなら、平気で殺すってえ手口とくりゃあ、こいつは同じ奴の仕業だ」

そこに下手人がいるかのように、しばし、見上げた秋空を睨《にら》んだ。

二

大前屋で女隠居が殺された翌々日の朝、田端《たばた》は、〃八ツ時（午後二時頃）頃、世話になる〃との文を寄こしてきた。

――いよいよ、南北、力を合わせての詮議《せんぎ》が始まるのだな――

季蔵は身構える気持ちになった。

ただし、戦力として加わる島村蔵之進《くらのしん》が、塩梅屋を訪れたのは、八ツ時より、よほど前、ちょうど、賄《まかな》いの準備に入った時であった。

「邪魔をする」

そう言って入ってきた島村は背負い籠《かご》を土間に置くと、濃い橙《だいだい》色のつるりとした柿を取り出し、

「極上の甘柿を土産《みやげ》に持ってきたぞ」

挨拶代わりだと季蔵に差し出した。

「恐れいります」

受け取った季蔵は、

「過日は、炙《あぶ》り蒸し鮨でお口汚しいただき、ありがとうございました」

深く頭を下げた。

「よい匂《にお》いがするではないか。昼時か？」

島村は、季蔵に構わず、くんくんと鼻を蠢《うごめ》かした。

「本日の賄いは何だ？」

「かど飯に、するもん汁でございます。もう、そろそろ秋刀魚《さんま》も仕舞いですので」

かど飯は醤油《しょうゆ》と酒、搾った生姜《しょうが》の汁で味付けして炊いた飯に、焼きたての秋刀魚の身を皮ごとほぐして混ぜ、大根下ろしを添えて食べる。

するもん汁の方は、三枚に下ろして軽く叩いた秋刀魚の身に、長ネギと生姜の微塵《みじん》切り、つなぎにかたくり粉を加え、塩少々で調味し、一口大の団子に丸めて、短冊に切って柔らかく煮た大根と一緒に、出汁《だし》に放つ。

「これは、また、いいところへ来たものだ」

島村は満面の笑みで、床几《しょうぎ》に腰掛けた。

「ここのかど飯の噂は耳にしている。何でも、秋刀魚の脂が染みている、あつあつのかど飯は、並みの蒲焼《かばや》き丼よりも美味《うま》いそうだな。そのうえ、するもん汁と言えば、大評判だった、鶏団子の冬うどんと同じくらい、精がつくのだそうだな」

塩梅屋では、先代長次郎の頃から、常連客に限って、昼時に、特製のかど飯やするもん汁を振る舞うことがあった。旬の秋刀魚は手頃なので、賄いには始終、これらが作られている。

「こんなものでよろしければ、どうか、存分にお召し上がりください」

季蔵は飯茶碗と汁椀を島村の前に置き、

「気が利きませんで」

おき玖《く》が箸《はし》を添えて、

「お酒は熱くしますか？　それとも――」

「いや」

島村は首を横に振った。

そして、箸を手にしたまま、じっとおき玖を見つめると、

「綺麗《きれい》な眺めがあれば充分だ」

目を細めた。

みるみるうちに、頬を真っ赤に染めたおき玖は、

「それじゃ、いっそ、冷やで」

酒を注《つ》いだ湯呑《ゆの》みを置くと、そそくさと二階に上がってしまった。

「美味い」

お代わりをするたびに、島村は洩《も》らし続け、

「五杯と決めておるので」

飯、汁とも五杯目を食べ終えて箸を置くと、

「飯の後は甘味が欲しいものだ」

「いただいた柿をお剝《む》きいたします」

季蔵が甘柿に手を伸ばすと、

「それには及ばぬ」

酔いも手伝ってか、島村の目は据わっている。

「ほかに甘味といえば、甘酒ぐらいで――」

「甘酒は気分ではない」

「困りました」

「かど飯よりも、冬うどんよりも名高い、熟柿《ずくし》はないのか？」

島村は季蔵の目を覗《のぞ》き込んだ。

塩梅屋の裏庭に、一本だけ植えられている美濃《みの》柿が色づくと、頃合いを見計らって、決まった数だけ採る。その後、木箱に詰め、座布団で保温し、離れで、ゆっくりと熟成させたのが、市中で幻の銘菓とされている熟柿であった。

決まった数とは、太郎兵衛《たろべえ》長屋に住む、身寄りのない年寄りたちの頭数であり、生前の長次郎は、これに数個を加えた数しか作ろうとしなかった。

「残りの柿は冬場、餌《えさ》を探しにくい鳥たちに残しておいてやろう」

おき玖はそのように、父親から聞いていたが、

――とっつぁんは、貧しく、老い先短いお年寄りたちに、どんなお大尽でも叶《かな》えることのできない、せめてもの口福を贈りたかったのだ――

真意を確信している季蔵は、長次郎に倣《なら》って、どんなに金子を積まれても、数を増やさないでいる。

「我が家にも柿の木はある」

島村は土間の籠に顎《あご》をしゃくって、

「これだ。よい色の見事な柿であろうが」

「禅寺丸柿《ぜんじまる》と見受けました」

禅寺丸柿は古くからある甘柿で、まるまるとした球状の実に特徴があった。

「早世した父母の思い出の柿だ。実は、俺は、この甘柿で熟柿を作ってみたことがある。熟柿は天竺《テンジク》（インド）の王が貧者に配った功徳《くどく》の実である、菴摩羅果《あんもらか》（マンゴー）にさえ、なぞらえられていると聞いて、墓前に供えたいと思ったのだ」

――そもそも、甘柿では無理だ――

柿には渋柿と甘柿の区別があり、渋柿は採った後、たとえ橙色に熟れているように見えても、熟成させなければ、渋くて食べられないが、甘柿はそのまま生食できる。

熟柿を作ることのできる渋柿は、季蔵の知る限り美濃柿だけである。

多くの渋柿は皮を剝いて縄に結び、風通しのいい軒下に吊るして充分に乾燥させ、仕上

げは藁《わら》に巻き込んで、白い粉を浮かせ、見るからに甘い干し柿に作られる。

「太郎兵衛長屋の連中の話では、熟柿はねっとりと柔らかく、濃厚な味だが、寒天のように後口がさわやかで、干し柿とは異なると言う。甘柿といえど柿の実はやや固い。それで、もう少し、熟させれば、熟柿に近づくのではないかと、我が家の甘柿を縁側に置いてみたところ、すぐに腐って、蠅《はえ》が集《たか》ってしまった。干し柿のように、皮を剝いて、軒下に吊るしてみても同じだった。やはり、ぐずぐずになって落ちて、蟻《あり》が群がった。俺は虫好きなので、こやつらを憎く思わぬのが、せめてもの救いだ。どうやら、甘柿では、熟柿はできぬようだな」

がっかりしている様子が気の毒に思えて、

「生で食べられる甘柿は貴重なものです。何も、手を加えずともよろしいでしょう」

洩らした季蔵に、

「ならば、ここへ運んできたうちの柿で、これぞという料理を作って、食わしてはくれぬか」

島村はにやりと笑った。

「お土産にいただいたのは、この一つだけとばかり――」

啞然《あぜん》とする季蔵を尻目に、

「いいや、そうではない。ここにある籠の中身、全部を使ってほしい。数えてみてはいないが、三十やそこらはある」

「そんなにいただいては——」

「こうして、昼餉も食わせてもらったことだし、遠慮は要らぬ」

立ち上がった島村は、背負い籠から残りの柿を出して土間に並べると、

「また、来る。楽しみにしておるぞ」

店を出て行った。

「変わった人だね」

居合わせていた三吉《さんきち》が眉《まゆ》を寄せた。

「あの人の話、聞いてるだけで、おいら、何か疲れちゃう。言ってることはわかるんだけど、根がどういう人なのか、いい奴なのか、そうじゃねえのか、さっぱり、わかんねえんだもん」

「あたしもよ」

島村が帰っていく戸口の音を聞きつけて、おき玖が二階から下りてきた。

「ああいうお世辞は苦手。あれ以上、つきあってたら、顔に出るだけじゃなしに、心底、腹が立ってたわ」

——たしかに、丁寧なのか、不躾《ぶしつけ》なのか、親しみやすいのか、気むずかしいのか、よくわからぬお人だ——

「まずは、いただいた柿を食べてみましょう」

——柿の方があの方より、よほど正直にちがいない——

「おっ、甘柿、おいら、今年は初めてだ」

三吉は目を輝かし、

「いいわね。そろそろ、甘党の松次親分も来る頃だし――。あたしが剝くわ」

おき玖は禅寺丸柿を手にした。

土間にまだ、背負い籠が放り出してあるのを目にした季蔵は、

――〝また、来る〟とは、きっと、田端様たちと、ここで、落ち合うことになっている、今日の八ツ時のことだろうが――

この後、訪れた田端や松次と共に待ち続けたが、とうとう、この日、島村は二度と姿を見せなかった。

三

「馬鹿にするにもほどがある」

松次が憤懣《ふんまん》やる方なく、

「まあ、柿でも焼きましょう」

季蔵が禅寺丸柿を切り分けて、炭火に網を載せて焼き始めた。

なおも、松次はその柿を睨みつけて、

「ふざけた野郎の持ってきた柿なんぞ食うもんか」

と言い放ったが、

「甘柿は好物だ」

田端はほんのりと焼き目がついて、井戸から汲み上げたばかりで、今時分は手指が切れそうに冷たい水に放り込まれた、柿の一切れに顎をしゃくった。

「どうぞ」

季蔵は皿に取って勧めた。

焼き柿は、色も形も変わらない程度に、ほどよく甘柿を焼く。見た目も綺麗で皮も柔らかくなって美味であった。

「よし」

美味いという代わりに田端は首を縦に振った。

「旦那は柿に限らず、水菓子がお好きなんだよ」

松次は季蔵に話しかけたのだが、

「葡萄《ぶどう》、柿など、不思議と水菓子はどれも酒に合うな」

普段、寡黙な田端が応《こた》え、

――あら、珍しく、田端様が親分に気を遣ってるわ――

おき玖の目が笑った。

「葡萄や柿からは酒ができるので、そのせいで、相性がよろしいのかもしれません」

季蔵が相づちを打ち、

「南町の件はもうよい。お奉行様のお立場も考えて、我らは吉川様のおっしゃる通り、南町に助力を乞《こ》うべく、ここでの会合を提案した。表向きはこれで穏便《おんびん》だ。柿だけを届け、我らと詮議について話し合わぬのは、吉川様の意向とは関わりない、南町の連中の答えだ。向こうも波風は立てたくないのだ」

田端は常になく長話をした。

「そもそも、南と北が仲良くしようってえのに、無理がありまさあ」

気持ちがほぐれてきた様子の松次は、皿に盛りつけた焼き柿に、手にしていた楊枝《ようじ》を伸ばして、

「何たって、ながーい間、どっちが多く手柄を立てるか、見廻《みまわ》りの評判がいいかを競ってきた、言ってみりゃあ、犬猿の仲なんだから——。何で、また、あっちのお奉行様は、こんなことを思いついたんですかね。あっちも、こっちも、市中を見廻るあっしたちや、旦那方は難儀でなんねえ」

松次の言葉に季蔵は頷いた。

「田端様や親分が、島村様と連れだって見廻られたら、相手はさぞかし、肝を潰すことでしょう」

おき玖まで、

「たいてい、どこでも、北の見廻りには南の悪口、南が来たらその逆なんだから、一緒になんぞ、来られたら大変。どこの店でも、どうやって、ご機嫌を取り結んだらいいか、わからなくなって、何が起きたのかって、大騒ぎになるわ」

真剣な面持ちで案じた。

「そう考えると、今回の島村の柿はからいは正しい」

田端は言い切った。

「そうなのかもしんねえが、挨拶ぐらいしてってもよさそうなもんでしょうが――」

松次は呟いて、仇《かたき》のように焼き柿を食べ続けた。

「手柄をかっさらうために、こっちを油断させてる、なんてことじゃねえといいんだが――」

――松次親分のこの呟きは、南町に翻弄《ほんろう》され続けるのではないかという、田端様の心の裡《うち》を見透かしたものだ――

すると、田端は、

「そうであっても仕方ない。あれこれ、愚痴めいた詮索をするよりも、前に進むことだ」

眉を上げて語気を強めた。

――やっと、いつもの田端様に戻られた――

そこで季蔵は、

「奇しくも、このところ、わたしは土佐屋さん、大前屋さんの事件に立ち会わせていただいております。親分はこの二件を同じ者の仕業とお考えでしたね」

さりげなく、事件に話を移した。

「そうとも。それについちゃ、旦那も同じお考えだ」

「土佐屋、大前屋とも、金の仏像を除いて、盗られたのはどちらも金銀の細工ものか、琅《ろう》玕《かん》や真珠、金剛石等の珍しい玉の数々です。盗人はこの手の物ばかりを狙う者ではないかと思うのですが――」

季蔵は田端を見つめた。

「その通りだ。目星はついていないでもないのだが――」

田端は松次の方を見た。

「深川の永代寺《えいたいじ》門前の長五郎《ちょうごろう》長屋に住むおけいという女なんだが――」

松次はうつむいて、

「十年は前のことになる。年端《としは》も行かぬ十歳かそこらの頃、子守に雇われた先で、廊下に落ちていた、お内儀の紅珊瑚《べにさんご》の簪《かんざし》を隠していたとして、番屋に突き出された。子どものことだからと、罪には問われなかったが、瓦版屋が書き立てて、おけいを雇う店はなくなり、ずっと、日傭取《ひようとり》で働いてきた。俺は気にかかって、ちょくちょく、おけいのところに寄ってみてるんだ。おけいに簪をくすねる気はなく、見たことのない綺麗さだったんで、後で、お内儀さんに返すつもりで、つい、懐にしまってしまっただけのことなんだから。そんなおけいは両親《ふたおや》を見送った後、やっと小金を貯めて、夜蕎麦《よそば》の屋台を引くようになった。半年ほど前のことだ。人を殺《あや》めてまで、お宝を頂戴《ちょうだい》しようなんて、だいそれたことを、人一倍、汗を流して、苦労に苦労を重ねてきたおけいがしでかすわけがねえ。俺はそう信じてる」

口をへの字に引き結んだ。

「しかし、子どもの頃、簪に魅入られて、懐にしまったのは事実だ。苦労して年齢を重ねれば、金銀や玉の値打ちもよくわかる。人の命を奪っても手に入れたいと思い詰めてもおかしくはない。それに、日傭取をしていたうえ、屋台を引いてるとなれば、並みの女ではない。しかし、四貫ともなれば、家の中ならともかく、遠くへは軽々と運べないだろう。だから、金の仏像だけは掘割の中に隠したに違いない」

田端はおけいに疑いを向け、

「理屈は旦那のおっしゃる通りなんだが」

松次はうなだれた。

「二件の事件の下手人がそのおけいさんだとすると、どうしても、辻褄《つじつま》の合わぬことがあります」

季蔵は指摘した。

「何だ？」

田端が鋭い目を向けてきた。

「二件とも蔵が破られています。おけいさんが、錠前屋ででも腕を磨いていれば、別ですが、そうでなければ、出来ない芸当です」

「助けが居たのかもしれぬぞ」

「だとしたら、金の仏像も隠さずに持ち帰れるはずです」

「錠前屋で喧嘩《けんか》相手にけがをさせた金二《きんじ》なら、所払いになったものの、半年ほど前、市中に戻ってきてやす」

「たしか、この夏前に、炭問屋の蔵に盗人が入り、蔵の中の炭が何俵か、盗まれた。線香屋、瀬戸物屋、米屋の蔵も狙われた。その盗人はまだ捕まっていない」

「〝どうせ、蔵を狙うなら、ちまちまと盗まずに、蔵ごと盗め〟っていうのね。流行《はや》って、みんな面白がったっけ」

おき玖が蔵盗人を揶揄《やゆ》した瓦版の件《くだり》を口にした。

「しかし、金二とおけいが組んだとは思えねえ。俺の知ってる金二は見かけに似ず、からきし意気地がねえんで、相撲《すもう》取りになり損ねたってえ、情けねえ野郎だ。あいつなら、馬鹿力だけはあるから、わざわざ、掘割に隠さなくても、大前屋の金の仏像なんぞ、楽々担いで運べたはずだ」

「誰かが、蔵盗人の騒ぎに便乗して起こしたものかもしれぬな。しかし、今のところは、とりあえず、金二とおけいを詮議するしかあるまい」

立ち上がった田端の後を、松次は焼き柿の最後の一切れを口に入れながら追った。

翌日の昼前、ぶらりと立ち寄った島村は、

「おや、柿が減っているな。昨日は何の料理にしたのだ？」

やはりまた目を細めた。

「皮付きのまま焼いてみました」

季蔵は炭火を熾《おこ》して、柿を切り分けた。

島村はじっと網の上の柿に目を凝らしている。

焦げ目がついたところで、季蔵が皿に取ろうとすると、

「そのまま、そのまま」

島村に止められた。

皮と実の間からぷしゅぷしゅと汁が噴き出す。

「そこで」

柿は汁がこぼれ落ちる寸前で皿に取られた。

楊枝を手にした島村は、

「おっと、楊枝から滑り落ちる――。甘くて、柔らかくてとろけるようだ。こんな美味い柿は食べたことがない。まるで、熟柿のようでは？」

ふうふうと息を吹きかけながら食べて、

「あるいは、よほど、焼き方が上手《うま》いか――」

首を横に振った季蔵は、

「島村様のところの柿のおかげです」

――田端様、島村様、北も南も柿がお好きなのだ――

笑いが込み上げてきた。

四

翌朝、季蔵は鰹《かつお》風味の煎《い》り酒の入った小さな瓶を手にして、店へ出る前に小舟町へと足を向けると、土佐屋の店先に立った。

——長い間、特別に質のいい鰹節を分けてくれていた、お内儀さんへの供養がしたい——

「塩梅屋さんでしたね」

手代《てだい》たちの中には何人か知った顔がいる。

「何のご用でしょう？」

その一人のよそよそしい物言いは、今までにないものだった。

「お世話になりましたので、是非とも、お内儀さんの墓所に詣《もう》でて、これを手向《たむ》けさせていただきたいのです」

「それには及びません」

手代の声が尖《とが》った。

「心ばかりの供養がしたいだけです」

「ちょっと外で——」

季蔵を店から連れ出したその手代は、

「お内儀さんが亡くなられて、店の中も変わりました。お気づきではなかったと思うのですが、うちはお内儀さん派と旦那様派に分かれていて、以前は、お内儀さん派であるてまえどもの天下でした。ところが、今は、旦那様のご意向で、亡きお内儀さんとおつきあいのあった方々は、お店の身代にたかっていたに等しいからと、お一方《ひとかた》の例外なく、遠慮させていただくことになりました。てまえなんぞ、お内儀さんにとりわけ可愛《かわい》がっていただきましたので、冷や飯を食わされているだけではなく、何か、しくじりでもしたら、即刻、暇を出されかねないんです」

声を低めて訴えた。

「わたしも取引遠慮の一人なのですね」

季蔵は苦笑した。

「質実剛健を善《よ》しとなさっている旦那様は、表向きは、お内儀さんの頃の浪費を改めるためだとおっしゃっています。ですが、本当は、お内儀さんがお好きだったものは、たとえ、食べ物一つでも遠ざけようとなさっているのです。塩梅屋さんの鰹風味の煎り酒は誰の舌にも合う、便利なものだというのに――」

「何ゆえでしょうね」

「それはもう、お内儀さんの生きている頃から、別々の部屋でお休みになるほど、夫婦仲が喧嘩もしないほど悪かったからです」

手代の声はさらに低まった。

「わたしの供養は亡くなったお内儀さんに向けたもので、土佐屋とは関わりがありません。

もう、決して、土佐屋に足は向けないと誓いますので、どうか、墓所を教えてください」

「わたしを路頭に迷わせないでくださいよ」

そう言って泣き笑いした手代は、季蔵の片耳に口を寄せて、

「土佐屋の菩提寺《ぼだいじ》は下谷《したや》の東徳寺です」

と囁《ささや》いた。

——ありがとうございました——

季蔵は黙礼して手代と別れ、下谷へと足を進めた。

東徳寺は浄土宗の寺で何日か前に、お十夜と称される法会《ほうえ》を終えたばかりであった。

大勢の宗徒が出入りした後の閑散とした庭を、ちらほらと風に乗って落ちてくる木の葉が埋めている。

小僧たちは掃除に余念がなく、初老の住職は池の鯉《こい》に餌を投げていた。

「土佐屋さんのお墓に詣でにまいりました」

「はて、お身内かな？」

住職の見事な白い髭《ひげ》が風にたなびいた。

「亡くなったお内儀さんにお世話になった者です」

「おとみさんの人徳よの——」

住職は皺《しわ》深い顔をほころばせて、

「土佐屋さんの御主人は、野辺《のべ》送りの時にいらしただけだが、あなたの他にも、ここへ参

られる方が後を絶たない。どなたもお身内ではないのだが、故人に世話になったと口を揃《そろ》え、その死を悼《いた》んで涙する。思えば、おとみさんは、当寺へも、過分な布施をお届けくださるなど、慈悲深く信心に富んだ菩薩《ぼさつ》のようなお方であった。今は仏様のお弟子になられて、拙僧たちを見守っておいでのはずだ」

おとみへの想いを洩らした後、

「ご案内いたしましょう」

土佐屋の墓所へと先に立って歩き始めた。

墓所に着くと、季蔵は鰹風味の煎り酒を供えて瞑目《めいもく》、合掌し、住職は短い経を読んだ。

「おとみさんも、きっと、喜んでおられる――」

供養が済んだ後、

「なにゆえ、お十夜にまでおいでの土佐屋さんが、こちらへお参りにならないのでしょう？」

季蔵は、たまらずに口にした。

「お十夜においでになった時は、まことに驚いた」

「ということは、あまりみえなかったと？」

「先代、先々代の命日にお出かけになるのは、決まって、お内儀のおとみさんだった。供は連れておられたが、亀之助《かめのすけ》さんと一緒だったのは、たった一度、先代の野辺送りの時だけだ。そんなお人が突然、神無月《かんなづき》の六日から十五日まで続く、お十夜の二日目においでになったのだ。〝今日はとみが伺えないので、代わりに〟とおっしゃったが、そもそも、この日は前から、拠所《よんどころ》ない事情で伺えない、とおとみさんから聞いていたので、何とも、狐《きつね》に抓《つま》まれたような気分だった」

「土佐屋さんは、その日、ずっと、夜半までおいででしたか？」

季蔵は真剣な目を向けた。

「どうやら、よほど、大事なことのようですな」

「はい」

「わかりました。だが、さて――、何しろ、大勢の方々がみえていたので――」

頭を抱えた住職は、

「そうだ、他の者たちに聞いてみよう」

急遽《きゅうきょ》、掃除中の小僧たちだけではなく、写経の最中だった兄弟子《あにでし》たちも、本堂に集めてくれた。

「お十夜の二日目に、土佐屋さんがいつまでここにいらしたのか、知りたいのです」

白粥《しろがゆ》に茹《ゆ》でた小豆《あずき》が加えられる、お十夜粥の振る舞いで忙しくしていた小僧たちは、

「知りません」

「わかりません」

揃って首を横に振ったが、

「土佐屋さんなら、お供の店の人たちを帰して、お一人になった後、半刻（約一時間）ほ

どしてお帰りになりました。土佐屋さんは檀家《だんか》の方々の中でも、総代に次ぐお方なので、いつもおみえになるお内儀さんではなく、たとえ、旦那様でも、失礼があってはならないと、気をつけておりました。ただ、不思議だったのは、振る舞う粥の数を伺おうとした際、〝この者たちは帰すので要りませんが、てまえはお十夜の功徳をいただきます〟とおっしゃった土佐屋さんが、何もおっしゃらずに、まるで、こっそり、逃げ出すかのように、そそくさと山門へ向かわれたことでした」

きりっとした面差《おもざ》しの兄弟子は覚えていた。

――当日、土佐屋亀之助は、夜半まで東徳寺にいたのではなかった――

季蔵は目から鱗《うろこ》が落ちた気がした。

「ありがとうございました」

礼を述べると、季蔵は塩梅屋へ急いだ。

塩梅屋に着くとすぐ、季蔵は島村からもらった禅寺丸柿を使って柿なますと柿の白和《しらあ》えに取りかかった。

――しばらくの間ここは、南と北、両奉行の秘密の会所だ。おけいさんや金二さんのことを調べた田端様や松次親分が、また、今日も、立ち寄られるかもしれない――

柿なますには、触ってみて固めの甘柿を選ぶ。柿は短冊に切る。大根、人参《にんじん》は厚めの桂《かつら》剝きにし、せん切りにしたものを、昆布を浸した塩水につけ、しんなりさせておく。これを固くしぼりあげて、柿を加え、甘酢で和えて仕上げる。

柿の白和えの方も固めを使う。まず、柿をせん切りにする。豆腐を砕き、熱湯の鍋に入れて煮て、十数えて引き上げる。これを布巾《ふきん》を敷いた笊《ざる》の上にあげ、水気をしぼって裏漉《うらご》ししてすり鉢でよくあたり、炒《い》り胡麻《ごま》を適量加え、味醂《みりん》風味の煎り酒、砂糖、塩で調味し、せん切りの柿を入れて和える。

柿なますは柿の絵柄の小鉢に、白和えの方は、丸々とした禅寺丸柿を横半分に切り、実をくりぬいてつくった柿釜に盛りつけてみると、

「何とも秋らしくて綺麗」

歓声をあげたおき玖が、

「何か、思い悩んでいることない？」

じっと季蔵の顔を覗き込んだ。

——蔵で殺されていたお内儀さんを見つけたという、土佐屋さんのふるまいが、どうにも、不可解すぎるのだが、わたし一人の決めつけでいいものか？——

「あたしで役に立つことだったら話して」

「実は——」

季蔵は、お十夜の法会を方便に使った、土佐屋亀之助の心の裡を、思い切って訊いてみた。

「夫婦仲が悪かったんだとしたら、どこぞの女の人のとこへ寄ったんでしょうけど、その後、土佐屋さんは、お内儀さんを案じて蔵の様子を見に行かせて、変わり果てた姿を見つ

けたんだったわよね。だとすると、辻褄が合わないわ。こっそり、女と遭って帰った後、女房を探したり、案じたりするなんて妙よ」

おき玖の指摘に、

——よし、これで間違いない——

季蔵は確信を深めた。

五

田端と松次は八ツ時少し前に塩梅屋にやって来た。

田端は柿なますで酒を飲み、松次は、

「豆腐や胡麻が柿と合うと、何ともいえねえ、こくのある甘さになる」

柿の白和えを堪能《たんのう》した。

「錠前屋の金二さんやおけいさんのことは調べがつきましたか？」

季蔵の問いに、盃を手にした田端が、仏頂面のまま、黙って松次に顎をしゃくった。

「金二には逃げられたよ。つるんでたごろつきの一人を締め上げたところ、所払いから戻ってきた金二に、一人よりも二人の方が多く盗み出せるからと、蔵破りに誘われたことがあったと白状した。乗らなかったのは、金二のやり方は行き当たりばったりの上、瓦版でもからかわれてたように、たいしたもんを盗めやしねえからだとさ。たしかに、お大尽の家の蔵は、簡単には破れねえし、破って蔵に入ったとしても、これぞというお宝は、やすやすとは盗めねえよう、そこそこの工夫がしてある。奉公人にでも仲間を送りこんで、手引きでもさせねえ限り、的外れの駄物を盗むことになる。ようはここがいるんだが――」

松次は自分の額をこつこつと指で叩いて、

「金二ときたら、錠前を外すことしか、能のねえ奴だった」

「土佐屋のお内儀さんが殺された夜、金二さんはどこに、どうしていたのでしょう？」

「そいつも確かめたよ。金二がいっぱしの盗人にもなれねえ、馬鹿だと、嘲笑《あざわら》ってた奴と一緒に、お家の名は出せねえが、夜は賭場《とば》が開かれる、御大層なお屋敷の中間《ちゅうげん》部屋に居た。その中間部屋の連中にも訊いた。間違《まちげ》えねえ。金二はけちな盗みを繰り返していただけさ」

――これで、金二さんは下手人ではなくなった――

「おけいさんの方は？」

「こいつの方は、ったく、はらはらさせられたよ」

本音を洩らした松次は、

「おき玖ちゃん、甘酒、もう一杯。温めずに冷やで」

「はい、はい」

おき玖に手渡された甘酒の入った湯呑みを一気に飲み干した。

「おけいさんに、何か、怪しい点でもあったのですか？」

「そうじゃあねえんだが、あの夜、おけいは夜蕎麦売りの屋台を引いてなかったなんてえ、話をする奴らが出てきてたもんだからな」

「おけいさんは屋台を引かずに何をしていたのですか?」

「商いで旅に出ていた大店《おおだな》の若旦那が、夜更けて市中に戻った折、腹が空《す》いて空いて店までもたなかったんで、おけいのところで蕎麦を食ったそうだ。それがあんまり美味いんで、是非とも、蕎麦好きの両親に食べさせてやりてえってことになって、この日、おけいを自分とこに呼んでたのさ。こっちは若旦那に確かめたよ」

「それって、もしかして、若旦那が惚《ほ》れたのは、蕎麦だけじゃなしに、おけいちゃん――」

「まあ、そういうことさ」

一瞬、松次の目が和んで、

「おけいはてえして器量が好《い》いわけじゃねえが、小せい頃、病気で死んだ、若旦那の妹に似てるんだそうだ」

「それなら、親御さんも喜ぶはず」

おき玖は自分のことのようにうれしそうに言った。

「念のため、大前屋の女隠居が殺された日のことも調べたが、この日、おけいは店を出していた。これで、おけいは天下晴れて無実と決まった」

松次も笑顔で相づちを打ち、

「俺はあいつにだけは幸せになってほしくてな、これで安心だ」

声を詰まらせた。

「金二さん、おけいさんでないとすると、いったい誰が？」

季蔵は田端を見た。

「これでまた、振り出しに戻ってしまった」

田端はため息をつく代わりに、ぐいと湯呑み酒を干した。

——東徳寺で聞いてきた話をここでするべきか、どうか——

迷った末、季蔵は、まだ自分一人の胸にしまっておくことにした。

——今回のことは二件とも、お奉行様から何の命《めい》も受けていない。まずはお奉行様の耳にお入れしなければ——

「今日は柿の天麩羅《てんぷら》も召し上がっていただきましょう。これもまた、酒に合います」

季蔵は柿の天麩羅に取りかかった。

天麩羅にする柿は皮を剝いて、六等分してくし形に切り、種を除いて、縦に切れ目を入れ、山葵《わさび》を挟み込む。

これを小麦粉を薄めに溶いた衣に浸して、からりと揚げ、赤穂《あこう》の塩を添えて供する。

「山葵が憎いね」

松次は上機嫌であったが、田端は箸を伸ばしはしなかった。

——お役目一筋のこのお方らしく、思い詰めておいでだ——

二人が店を出て行った後、島村が訪れた。

「あたしは、ちょっとそこまで――」

「おいらもお使いを思い出した」

おき玖と三吉は逃げるように店を出て行ったが、島村は気にかける様子もなく、

「おおっ、柿の天麩羅か、俺の最も好きな柿料理だ」

目が線に見えるほど細めて、

「箸、箸を」

ひたすら、柿の天麩羅を食べ続け、

「幾らでも食えるが、これ以上は身体に悪いであろう」

やっと箸を置いた。

「お目当てはお持ちになった柿で作る、塩梅《うち》屋の料理だけですか？」

季蔵は訊きたくなった。

「おまえさん、俺が、お役目に不熱心だと言いたいのか？」

島村の目はまだ細められたままである。

「滅相もございません。ただ、田端様や松次親分、北の皆様のことがお気にはならないのかと思いまして」

「気になっているのは、主、おまえさんの方ではないか？」

急に島村の目が瞠《みは》られた。感情の籠《こ》もらぬその目は怜悧《れいり》に輝いている。

「どうして、料理人にすぎぬわたしに、そのようなことをおっしゃるのです？」

「先ほど、下谷の東徳寺へ立ち寄った」

――何と島村様も東徳寺に――

季蔵は動揺を隠せなかった。

――ご住職たちからわたしのことを聞かれたのだ――

「見廻りの際、いつも、お内儀が鰹節を振る舞ってくれたゆえ、手を合わせたくなってな」

島村はそこは突かない。

「そうでございましたか」

季蔵は口元に笑みを浮かべて、

「わたしもこの煎り酒作りに使う鰹節で、すっかり、お内儀さんにお世話になりました。いかがです？　もう少し、天麩羅を召し上がられては？　今度は塩ではなく、鰹風味の煎り酒で――」

禅寺丸柿を手にして皮を剝き始めた。

「それはいい。鰹風味での天麩羅は別腹と心得よう」

島村は満面笑み崩れた。

烏谷《からすだに》　椋十郎《りょうじゅうろう》が文を寄こしたのは翌日の朝のことである。

南町奉行所筆頭与力伊沢真右衛門《しんえもん》が塩梅屋の柿料理を所望しておる。明日、暮れ六ツにてよろしく頼む。

烏谷

文面からは、烏谷の憮然《ぶぜん》とした顔が浮かんできた。

――この間は、北が料理でもてなしたのだから、次は向こうが、お奉行様のために、返礼の宴席を設けてもよさそうなものだが――

「どうして、北町はお奉行様なのに、向こうは筆頭与力様なのかしら？」

おき玖は無邪気に悔しがった。

「こちらは島村様から柿をいただいておりますから、これでお望みの柿料理をお作りするのは、致し方ないのかもしれません」

――伊沢様にまで柿の話が通じているとは――。島村様と伊沢様はよほどお親しいのだろう――

「食材をやるから、作れってことね。食いしん坊のくせにケチったらありゃしない」

呆《あき》れるおき玖に、

「南町のお奉行様の吉川様は食べ物に、それほど執着がないようにお見受けしました」

「嚙み合ってないのね、向こうのお奉行様と皆様――」

「ともあれ、御所望の柿を美味《おい》しく召し上がっていただくことにいたします」

季蔵は早々に話を切り上げた。

当日、烏谷は、陽《ひ》こそ暮れかけていたが、暮れ六ツの鐘には、まだ間がある頃に、塩梅屋の暖簾《のれん》を潜《くぐ》った。

「お珍しいですね」

迎えた季蔵に、

「皮肉か」

烏谷の機嫌は悪かった。

「お話がございます」

「わしもだ。それで早くきた」

烏谷はむっつりした顔のまま、塩梅屋の離れに落ち着いた。

「何か召し上がりますか？」

「いや、いい」

「折り入ってのお話でございますが」

「話せ」

季蔵は土佐屋のお内儀殺しの下手人の見当を話した。

「田端は振り出しに戻ったと言っていたぞ」

烏谷はぎょろりと目を剝いて、

「しかし、そちは、土佐屋の主亀之助が下手人だと言うのだな」

念を押した。

「かねてから、入り婿ゆえの肩身の狭さがたまらなかった土佐屋は、東徳寺でのお十夜の法会に乗じて、蔵にいるとわかっているお内儀さんを殺めて、お宝を隠し、盗人の仕業に見せたのです」

季蔵は言い切った。

「土佐屋亀之助が東徳寺のお十夜から抜け出していたとわかった以上、それはあり得る。驚いた欲の深さよな。お内儀を殺して土佐屋を自由にしようとは——。欲に取り憑《つ》かれた者ほど恐ろしい者はない」

烏谷はふーっと大きなため息をついて、

「かくなる上は、土佐屋に白状させねばならぬが、あそこほどの大店となると、幕府のお偉い方々への賄賂《まいない》が行き届いているゆえ、わしとて、これ式の憶測で詮議はできぬ。よし、ここからはわしに任せよ。必ず、罪を認めさせ、縛《ばく》につけてやるぞ」

季蔵の耳元に囁いた。

六

「伊沢様がおいでになりました」

おき玖が伝え、

「楽しみに参上いたしました」

ほどなく、伊沢真右衛門が離れの戸口に立った。

暮れ六ツを告げる鐘が鳴り終えて、

「伊沢殿は、相も変わらず、約束の刻限をたがえませぬな」

烏谷は無邪気に笑った。

――お奉行様だって、滅多にたがえることなどないのに？　お二人は以前からのお知り合いか？――

季蔵は心の中で首をかしげつつ、

「わたしは料理にかからせていただきます」

離れから店に戻った。

すでに仕込みは済ませてあるので、酒の進み具合に合わせて、段取りよく肴《さかな》を運ぶ。

「わしは柿の白和えの方に軍配を上げまする。空《す》きすぎて怒り気味の腹がしばし黙りますゆえ」

二種の小鉢について、烏谷が評しても、

「それがしは柿なますだ。後口がさっぱりして清々《すがすが》しいので、後の料理の邪魔にならぬのでな」

伊沢は相づちを打たなかった。

――まるで、お奉行様より、伊沢様の方がお役が上のような物言い、吉川様に対するのと同様だ。それと、この御仁、なかなかの食通と見た――

季蔵の背筋がさらに伸びた。

二品目は柿入り葛餡《くずあん》かけ鯛《たい》の酒蒸しである。

これは、まず、出汁《だし》汁、塩、砂糖、薄口醤油、味醂を合わせたものを、弱火で温めながら葛の水溶きを加えて透明な葛餡を作る。

ここに柿の果肉をすりおろしたものを合わせると、柿入り葛餡が出来上がる。

切り身にした真鯛の酒蒸しに柿入り葛餡をかけ、ゆず皮の千切りを添えて仕上げる。

「上品ないい味ですが――」

一瞬、烏谷は首をかしげ、

「どなたかを思い出しますな」

喉《のど》の奥でくっと笑った。

「何という料理かは知らぬが、律《りつ》様柿と名づけて似合いそうだ」

伊沢が真顔で応えると、二人はぷっと吹き出した。

南町奉行吉川直輔《なおすけ》の奥方の名が律である。

「でも、まあ、あのお方よりは、よほど食えます。京美人の味がいたします」

烏谷の言葉に、

「如何《いか》にも、如何にも」

伊沢は腹を抱えて笑った。

――不思議にもお奉行様は楽しそうだし、伊沢様もくつろがれて、本音を洩らしておられる——

「三品目は鯛の柿巻きをご用意いたしました」

大きな甘柿を選んで、桂剝きし、これを広げて、薄く切った鯛の刺身をのせ、アサツキを芯《しん》にして丁寧に巻き込む。これを好みの大きさの輪切りにして、切り口を上にして盛りつける。

この刺身のけんには甘柿の千切りを使い、芽じそ、黄菊、おろしわさびを添え、たれは梅風味の煎り酒で。

「たまらぬ美味さではあるが——」

伊沢は、やや芝居がかった物言いで、大きく一つ、ため息をついた。

「ここまでの美形となると、京は遠すぎることもあり、日頃は、到底、手が届かぬ」

「たしかに、たしかに」

今度は烏谷が相づちを打った。

——どうやら、お二人とも、柿の鯛使いはお気に召さぬようだ——

「この後、焼き柿、柿の天麩羅と続きます」

「おおっ、いよいよ、島村が言っていた絶品だな」

伊沢は両手を打ち、

「待ちかねておった」

烏谷は目を輝かせた。

二人は島村や松次同様、焼き柿や柿の天麩羅を、盃を片手にひたすら食べ続けた。

「もう、ないのか？」

「もっと出せ」

酔眼の二人にせがまれる。

「残念ながら、いただいた柿の実はあと一つしかございません。お二人分となると――。しかし二品目の柿入り葛餡かけだけなら何とか――」

「鯛は要らぬぞ」

伊沢は大声を出し、

「鯛の柿巻きや、柿入り葛餡かけの鯛はもう、食いたくない。どっちも、鯛の味ばかり際立って、肝心の柿の味が生きていない」

烏谷が追従した。

「わかりました」

――困った。鯛は高級魚ゆえ、お気にいってくださるものとばかり思い込み、多めにもとめていて、残ってはいるものの、柿の方はもはや、柿入り葛餡しかない。今すぐは、柿入り葛餡かけ鯛の酒蒸ししかできない。柿入り葛餡を使って、お二人のお口に合う料理ができぬものか――

店に戻った季蔵は、厨《くりや》にある青物の入った籠を覗いて、

――これでやってみるしかない――

蓮《はす》の大きな一節を手にした。

――たしか、以前、お奉行様は下ろした蓮を小麦粉でつないで、青のりを加えて揚げた一品を、まるで、牡蠣《かき》のようだと言われて、夢中で召し上がってくださった――

季蔵は牡蠣もどきの蓮団子を作る要領で、蓮をおろし、つなぎの小麦粉を入れて、梅風味の煎り酒で調味すると、熱した菜種《なたね》油でからりと揚げた。

器に盛りつけて、柿入り葛餡をかける。青のりを加えて、牡蠣もどきにしなかったのは、青のりの強さが柿の穏やかな甘さを損なうと考えたからであった。

「鯛の天麩羅ではあるまいな?」

烏谷は疑わしそうな目を向けた。

「神君家康公は鯛の天麩羅で命を落とされたと聞いておる。鯛ならば我らは食えぬ」

伊沢の目がきらっと光る。

「蓮団子でございますゆえ、どうか、ご安心ください」

「蓮か――」

伊沢は感慨深げに洩らし、

「しかし、蓮とはな」

頷いた烏谷は、箸を手にした。

「伊沢殿、これもきっと何かの縁でございましょう」

「縁か――なるほど、そうだな」

二人は共に遠い目になって、和気藹々《わきあいあい》と、柿入り葛あんかけの蓮団子を平らげていった。

——お二人にはきっと、蓮にまつわる思い出がおありなのだろう——


それから二日は何事も起きずに過ぎた。

三日目の八ツ時、ふらりと訪れた松次の顔は病人のように青かった。

「親分、いつもの甘酒ね」

おき玖に声を掛けられても、

「もてなしはいいから、ちょいと、季蔵さん、聞いてほしいことがあるんだ」

床几に座ることもなく、戸口に立ち尽くしている。

「離れで話しましょう」

季蔵は松次と離れで向かい合った。

「話してください」

「俺があんたに洩らしていいわきゃあ、ねえんだよ。でも、俺はもう、案じられて、案じられて——」

松次は洟《はな》を啜《すす》った。

「例の事件のことですね」

——お奉行様は〝自分に任せるように〟とおっしゃっていた。いよいよ、動き出されたのだ——

「田端の旦那がお奉行様に呼ばれてね。さすが、お奉行様。ある筋から、土佐屋の事件の下手人は、殺しのあった夜、お十夜を抜け出してた、土佐屋亀之助だって、突き止めてらした。こりゃあ、もう、間違いねえってえんだが――」

そこで松次は一度言葉を切った。

「それだけでは、お内儀さんを殺しに帰ったという、確たる証《あかし》にはなり得ません。土佐屋さんほどになると、庇《かば》い立てなさる方々もおられるでしょうし――」

「それで、お奉行様は、俺たちに土佐屋が逃れることのできねえ、証を作れとおっしゃるのさ」

「どうやって？」

――ようは土佐屋に罠《わな》を仕掛けろというのだろうが――

「お奉行様がおっしゃるには、土佐屋は盗まれたと届けたお宝を隠し持ってるはずで、これを出させりゃ、お縄にできるってえのさ」

「出させるやり方は？」

「お宝目当てで、土佐屋のお内儀を殺した下手人は、小せえ頃、紅珊瑚の簪を盗んで、番屋に突き出されたおけいらしいって話を、俺が土佐屋に言いに行くんだとさ。しかし、おけいが隠したお宝がどうしても見つからねえんで、それさえ、見つかりゃ、おけいが下手人と決まってお縄にできる、とも言うんだと。そうと聞いたら必ず、土佐屋はおけいの長屋まで、お宝を置きにやってくる。そこを待ち伏せしてて、白状させるってえ寸法だよ。

おけいは明け方まで、蕎麦の屋台を引いてて、長屋にはいねえが、それでも、なあ――」

「良縁に恵まれかけている、おけいさんを巻き込みたくないのですね」

季蔵は松次の気持ちが痛いほどわかった。

「土佐屋でお内儀殺しのあった夜のおけいのことだって、俺は若旦那が商いで立ち寄る先でつかまえて訊いた。店の者や両親に知られちゃ、まずいだろうってね。それに何より、土佐屋が見張りの目を盗み、おけいのところにお宝を置いて、逃げおおせでもしたら、大変なことになっちまう」

――松次親分は、おけいさんを案じるあまり、先々のことを悪くばかり考えてしまうのだ――

「おけいさんの家を見張る助っ人に、わたしを加えていただけませんか？」

季蔵の申し出に、

「そうしてくれるかい、ありがとよ」

松次はすがるような目で礼を言った。

七

――お奉行様らしい大博打《ばくち》だが、土佐屋に罪を認めさせるには、たしかに、これしかなさそうだ――

当日、松次は土佐屋へ出向いて、土佐屋のお内儀殺しについて、下手人の見当を打ち明けた。

「なに、おけいが隠してる、お宝の在処《ありか》さえわかりゃあ、すぐにでも、お内儀さんの無念が晴らせる」

「いつ、おけいという女のところの詮議を？」

「おけいが仕事でいない、今日の夜と決まった」

「袂《たもと》や帯の間に隠し持ってるなんてことは？」

「紅珊瑚をくすねかけたガキの頃とは違って、今のおけいは、お宝がどんなに高く売れるか知ってるはずだ。身につけてりゃ、ひょいと落としちまうことだってある。そんな馬鹿はしないさ。きっと、おけいの家のどこかにある」

「盗まれたお宝は、どれも、おとみが大事にしていたものです。戻ってくれば、どんなにか供養になることか――。親分、どうか、よろしくお願いいたします」

土佐屋は殊勝《しゅしょう》な顔で頭を下げた。

「今日はおまえに任せる」

季蔵は三吉にそう言い置いて、暮れ六ツ前に店を出ると、おけいの住む長五郎長屋へと向かった。

表の木戸門は、近くのからたちの繁《しげ》みに潜んだ松次と季蔵が見張り、奥の大銀杏《いちょう》の陰に田端が立っている。

釣瓶落《つるべお》としで訪れた秋の闇《やみ》がさらに深まって、丑三《うしみ》つ時（午前二時頃）にかかっても、盛りのついた猫がにゃあーっと鳴いて一匹、季蔵たちの前を通り過ぎただけだった。

長屋はしんと静まりかえっている。

「逃げようとしたら、田端の旦那が刀を抜く段取りになってる」

松次は十手《じって》を持つ手に力を込め続けていた。

季蔵は時折、眠気がきて、うつらうつらすると、どこからともなく、

「油断禁物、きっと来る」

という烏谷の叱責《しっせき》が聞こえてきて、はっと目を覚ました。

やがて、空が白み、明け烏の群れがかあ、かあーという鳴き声をあげる頃になっても、
土佐屋は姿を現さなかった。

ふわりふわりと薄闇がさらに白んでいく。

黄金色の朝の光が注ぎはじめて、屋台を引いておけいが帰ってきた。

明け六ツの鐘がもうすぐ鳴る。

「田端様、おけいが戻りました」

松次が大声を上げると、

「よし、今日はここまで」

裏手にいた田端が合流した。

「精が出るな」

さすがに間が悪く感じたのか、田端はおけいに話しかけた。

土佐屋で殺しがあった夜、どこでどうしていたかを松次に訊かれただけで、まさか、この博打めいた捕り物の渦中にいるのが自分だと、報されていないおけいは、型通りの挨拶をした。

「お役目ご苦労様でございます」

おけいは被《かぶ》っていた手拭《てぬぐ》いを外して頭を垂れた。

松次が言っていた通り、目立つ容姿ではなかったが、きびきびとした身のこなしが小柄なこともあって、童女が好む手鞠《てまり》のようでもあり、箱入り娘にはない潑剌《はつらつ》とした魅力があった。

この時、松次の腹がぐうと鳴った。

「いけねえ」

「もしや、お役目の間中、何も食べていないのでは？」

案じたおけいは、

「蕎麦が残ってます。とりあえず、お腹に入れていってください」

削り節でとった出汁に醬油と味醂で調味した熱い汁を、茹でたての生蕎麦を盛った丼にかけて三人に振る舞ってくれた。

「すいません、薬味は切らして、もうないんです」

「かまわねえよ」

松次は目尻を下げ、

「馳走《ちそう》になるぞ」

田端は黙礼し、

「ありがとうございます」

季蔵は頭を下げた。

おけいの蕎麦は何より、喉ごしがよくて、空きっ腹を温かく癒してくれた。

「さて――」

歩き始めた田端は、松次がついてこようとするのを、制し、

「おまえは、まだここを見張れ。日中は出入りが多いゆえ、よもやとは思うが、おけいに何かあってはいかん」

と言って残らせた。

「さて、行くか」

田端は番屋へと歩いて行く。

「あんたに少し話がある」

「わかりました」

二人は番屋の板敷で向かい合った。

「とうとう、土佐屋は現れなかった。これはいったい、どういうことか？」

田端は頭を抱えた。

――もしや、土佐屋が下手人だという、自分の考えが間違っているのかもしれない――

季蔵は不安になった。

——とかく、御定法は強い者に曲げられる。土佐屋は、お奉行様の上の方々さえ動かせる。そして、無実のおけいさんが下手人だと決めつけて、捕らえ、責め詮議にかけ、やっていないこともやったと白状させて、死罪に処し、この一件を落着できる。このままでは、お奉行様の大博打が仇《あだ》になるのでは？——

「湯を沸かして、番茶でも淹《い》れましょう」

季蔵はいきり立つ、自分の気持ちを何とか抑えたかった。

——お奉行様がおけいさんを見殺しにするわけがない。そう信じたい——

火鉢にかけた薬罐《やかん》がしゅんしゅんと音を立て始めた。

突然、がらりと番屋の腰高障子が開いた。

「おけいは無事か？」

烏谷の一声であった。

「何事も起きておりません」

田端は背筋を正した。

「土佐屋は確かに動いたぞ」

烏谷は、はあはあと息を切らしながら、

「自分の言い出したことゆえ、この大博打にぬかりがあってはならんと思い、わしは、今まで、土佐屋の裏を見張っておった。後ろめたい外出は裏からと決まっておるからだ。長年、どんな悪者でも、決して逃すまいと鍛えてきたこの目を瞠って、鼠《ねずみ》一匹見逃すまいとしてな。ところが、土佐屋からは店仕舞いした後、人っ子一人出て来なかった。そんなはずはないと、空が白み始めたところで、店の者を叩き起こして訊いた。土佐屋の寝床はもぬけの殻で、大島紬《つむぎ》と博多帯が脱ぎ捨てられていた。そこでわしは謀《はか》られたと思った。出て行った者が一人だけいた。襤褸《ぼろ》をまとった物乞いだ。店の者に訊いたところ、前の日、土佐屋は昼過ぎて出かけたそうだ。夕刻には店に居るのを確かめておいたのに。まんまとしてやられてしまった」

一気にまくしたてて、さらに、

「だが、物乞いに化けて、動いたのは下手人である証で、わしはその方らが、てっきり、もう、捕縛しているものとばかり――。使いの者が来ぬので痺《しび》れを切らして、ここへ来たのだが――」

誰に向けるともなく、恨みの籠もった目を番屋の壁に向けた。

この時である。

「東徳寺の者にございます」

腰高障子の向こうで凛《りん》と張った声がした。

「わたしが――」

季蔵が腰高障子を開けると、土佐屋のお内儀の墓参で訪れた際、亀之助がお十夜を抜け出ていたと話してくれた兄弟子が立っていた。

「慈抄《じしょう》と申します」

「その節は――」

季蔵が礼を言いかけて止めたのは、慈抄の顔が、緊張しているだけではなく、ぞっとするほど青かったからである。

「どうしても、お知らせしなければならぬことが、土佐屋さんの墓前で起きました」

「何が起きたのだ？」

烏谷は身を乗り出した。

「墓前で主の土佐屋さんが果てておられるのです。朝、拙僧が見つけました。どうか、すぐにいらしてください」

「主は、土佐屋亀之助だが、間違いはないか」

烏谷は念を押した。

「このお十夜にお目にかかっておりますので、間違いはございません」

「しかし、物乞いの姿をよく見抜けたものだな」

「いえ、土佐屋さんは紋付き袴姿でした」

「だとしたら――」

やはり、土佐屋であるわけがないという言葉を呑み込んで、

「案内せい」

烏谷は戸口へと向かい、田端と季蔵はつき従った。

第三話　蓮美人

一

東徳寺では、浄土宗特有の二連の数珠《じゅず》を手にした住職が、土佐屋《とさや》の骸《むくろ》を前に、南無阿弥《なむあみ》陀仏《だぶつ》、南無阿弥陀仏と一心に唱え続けていた。

住職は事情を知る由《よし》もなく、

「夫婦《めおと》のことは本人同士にしかわからぬもの、傍《はた》からは不仲に見えたお二人も、実は強い絆《きずな》で結ばれていたのやもしれませぬな。それでなければ、このように、残された方が旅立ってしまった相手を追うようなことには――」

痛ましくてならない様子で目を伏せた。

土佐屋は墓石を抱くかのような姿勢で俯《うつぶ》せに倒れ、柿を手にしている。

――柿？――

季蔵《としぞう》は土佐屋の手から柿を取り上げた。

「寺の裏にある江戸柿です」

慈抄《じしょう》が説明した。百匁《もんめ》（約三百七十五グラム）ほどもある大きさで、釣り鐘形の江戸柿は甲州百目《こうしゅうひゃくめ》の一種の渋柿であった。

——死のうと覚悟を決めていた者が、果たして、空腹を感じ、柿をもぐだろうか？——

季蔵は心の中で大きく、首をかしげた。

——これにはきっと何かある——

墓石の前には、蔵にいたおとみを殺して盗んだとされていた、黄金の煙管《キセル》、瑠璃《るり》細工の小箱、琅玕《ろうかん》の根付け、夜光の珠の笄《こうがい》、珊瑚《さんご》、鼈甲《べっこう》の簪《かんざし》が燦然《さんぜん》と輝きつつ、整然と並べられている。

烏谷に目顔で指図され、季蔵は、仰向《あおむ》けにはせずに、屈《かが》み込んで、着物をゆるめたり、裾《すそ》をからげたりしながら、素早く、骸《からすだに》を調べた。

「ざっと見たところでは、刀傷も殴られた痕《あと》もありません。そこに、大徳利と湯呑《ゆの》みが転がっていますし、口から血を流しているので、毒を呷《あお》ったのではないかと思われますが、念のため——」

季蔵は珊瑚の簪を手に取ると銀細工の足を、骸の口中に挟んで抜いて、烏谷に渡した。

「ほう、黒く変わったか。毒死に間違いあるまい」

烏谷は言い切り、

「裏門から続く足跡がございます」

田端《たばた》の言葉に季蔵は墓前の周辺の土に目を凝らした。

「たしかに。山門から入ってきた我らの足跡とは別のものです」

田端は頷《うなず》いたが、

「裏門は、何人かいる寺男《てらおとこ》の通用門でございますが――」

住職に告げられると、

「それでは、土佐屋が殺されて運ばれたことにはならぬな。あるいは、夜中とはいえ、人目を憚《はばか》った土佐屋は、裏門からここへ入ったのやもしれず、足跡の一つは土佐屋のものだということもあり得るな」

烏谷は醒《さ》めた口調で言った。

「後追いではないかもしれないと――」

住職はぎょっとして目を瞠《みは》り、念仏を繰り返した。

「しかも、土佐屋が着ている紋付きの紋は剣方喰《けんかたばみ》です。土佐屋の紋はたしか、波に千鳥のはずです」

田端の目は射るように骸が纏《まと》っている背中の家紋に注がれている。

この時、急に強風が吹き付けてきて、

「薬師堂の戸が開いてしまいました」

慈抄が、あわてて走って行った。

「なにゆえ、このようなものがここに？」

慈抄の大声に、田端と季蔵が駆けつけると、お堂の中には、垢《あか》じみて擦り切れた着物が脱ぎ捨てられていた。

住職と烏谷は遅れてやってきた。

「いつの間に、物乞《ものご》いが住み着くようになっていたのだ？」

住職は非難の目を慈抄に向け、

「土佐屋はここで紋付き袴《はかま》に着替えたのだな」

烏谷は鋭い一言を発した。

「それはあり得ません。そもそも、土佐屋さんが物乞いの姿になるなど、信じられないことですし、百歩譲って、そのようなお振る舞いをなさったとしても、死出の旅を前に、畳みもせず、脱ぎ捨てて行くなど考えられません」

言い張る住職に、

「なるほど。御坊の見方には一理ある。ところで、しばし、我らが休む場所をお貸しくださらぬか。少々とはいえ、走ったのでな。息が切れた」

烏谷は手巾《しゅきん》を懐から出して、汗を拭《ふ》くふりをし、さらに頭も下げた。

「それではこちらで粗茶でも——」

方丈《ほうじょう》へと招こうとした住職に、

「我らは骸を守らなければならぬゆえ、ここでよろしいです」

退散してほしいと言う代わりに、烏谷は住職ではなく、入り口に目を遣《や》った。

「ほんとうによろしいのですか」

　慈抄は首をかしげた住職ともども案じたが、

「これも市中を見廻《みまわ》る者のお役目と心得ておる。それより、戸板を用意してくだされ」

　烏谷はにこやかに笑った。

　二人がいなくなったところで、三人は立ったまま、額を寄せ合った。

「各々《おのおの》、土佐屋の死に方をどう見るか、言うてみい」

「あのような姿ゆえ、住職の言うように後追いと見る世間は多いでしょう。土佐屋が手代上がりの入り婿で、子をなさぬ我が身を恥じているという、噂《うわさ》通りの気の弱い男だといたしましょう。そうだとすれば、松次《まつじ》に、お上がおけいの長屋を調べると聞いて、そこに盗品のお宝がなければ、自分に疑いがかかるかもしれないと思ったのではないかと思います。手厚い付け届けで上に取り入ってきたとはいえ、土佐屋は、松次の言葉に気が動転したのかもしれません。いずれは責め詮議《せんぎ》にかけられて、罪を認めることになります。予期せぬ松次の訪れを、土佐屋は裏切られた、あるいは見捨てられたと感じたのでは？　そこで、縛について、汚名を着て白洲《しらす》に引き出されるよりは、後追いで自ら命を絶った方が、まだしも、我が身のみならず、土佐屋のためと思ったのではないかと思います」

　田端は理路整然と言い放った。

「なるほどな。たしかに土佐屋亀之助《かめのすけ》は商才もそこそこ持ち合わせてはいたが、過ぎるほど生真面目《きまじめ》で忠義な男だったと聞く。施し好きゆえ、倹約第一の亀之助とは相容《あいい》れぬ、不仲のお内儀を手にかけたことを、以来、ずっと悔やんでいたのやもしれぬな。お内儀は、まだ亀之助が手代であった若き頃は、手など届くはずもない、高嶺《たかね》の花であったのだろうし――。過ぎし美しき日の思い出も去来して、後追いを決めたとしてもおかしくはない」

そこで烏谷は季蔵の顔を見た。

「しかし、なぜ、後追いをするのに、物乞いの姿に扮《ふん》して、店の外に出なければならなかったのでしょうか？」

「店の者に後追いとわかれば、止められてしまうからではないか？」

田端は季蔵を見据えた。

「墓前での自害を決めていても、打ち明けずにいればわからぬことです。どこぞの色めいた場所に出向いた後、古い知り合いの祝言に連なるとでも言って供をつけず、外出用の着物を着て、波に千鳥の紋の入った紋付きを、持参して出ればよろしいのですから。何も、わざわざ、物乞いの形《なり》をする必要はないのです。まして、土佐屋の家紋と異なる家紋の紋付きを用意するなんて――」

「物乞いの風体《ふうてい》さえしていなければ、騙《だま》されはしなかった」

思い出した烏谷は悔しそうに唇を噛《か》んだ。

「つまり、土佐屋さんはどうしても、物乞いに化ける必要があったのです」

季蔵は言い切った。

「ということは、土佐屋は物乞いの姿で、盗まれたと偽ったお宝の玉を、おけいの長屋に隠しに行こうとしていたというのか？」

田端は緊迫した面持ちでいる。

「そう考えると辻褄《つじつま》が合うな」

烏谷が頷いた。

「だが、待てど暮らせど土佐屋は現れなかった。いったい、土佐屋に何が――」

言いかけて、田端は、

「そうか」

両手を打ち合わせて、

「土佐屋がここで、息絶えさせられるに至ったのには、相応の理由があるのです」

烏谷を正面から見つめた。

「一人で自分を殺すのは自害だが、自害してもらわないと困るもう一人に殺されたのだとしたら、もう、これは後追いなどではあるまい」

烏谷の目がぎらりと光り、田端と季蔵は同時に頷いた。

「とはいえ、これという証《あかし》はどこにもない。住職が言っていた、物乞いの襤褸《ぼろ》が畳まれていなかったことなど、詮議の控えにも書かれはせぬぞ」

「物乞いの襤褸と紋付きの出所を探してみてはいかがでしょう」

季蔵の提案に、

「それはいい」

田端は一も二もなく賛成した。

土佐屋が死んだとわかり、おけいが巻き込まれていないと知り、安堵《あんど》した松次は、田端と共に、襤褸と紋付きの出所調べを始めた。

紋付きの方は市中の損料屋《そんりょうや》や古着屋をいっせいに調べることになり、売られているはずもない襤褸については、移動を繰り返す物乞いたちを、追いかけるようにして聞き歩くことになった。

こうして、何日も、根気も時もかかる調べが続いた。

二

それから三日が過ぎたが、田端と松次の訪れはなく、——容易には突き止められぬではあろうが、もう、そろそろ、何かわかってもよさそうなものだ——

季蔵は気がかりでならなかった。

四日目の夕刻になって、烏谷がふらりと立ち寄った。

「これから、一つ、気の張る宴席に侍《はべ》らねばならぬのだが、ぐうぐうと不作法に鳴り続ける、しょうもないわしの小腹をなだめてやってくれぬか」

烏谷はそう言い置くと、離れへずんずんと入っていった。

その後ろ姿には、ぴんと張られた糸のような緊張感が漂っている。

――話があるのだ――

知らずと季蔵の背筋まで、常にも増して伸びていた。

烏谷の突然の訪れに、季蔵は松茸《まつたけ》と鯖《さば》でんぶの蒸し鮨《ずし》を供した。

松茸は旬の時季に醤油《しょうゆ》と酒で煮染めておいた保存用を用い、鯖でんぶは三枚に下ろして骨抜きした鯖をたっぷりの湯で茹《ゆ》で上げ、味醂《みりん》風味の煎《い》り酒と砂糖であっさりと調味する。

これを、錦糸卵や紅葉の形に包丁を使った、茹で人参《にんじん》とともに、酢飯の上に載せて蒸し上げると、

「何ともよい香りじゃ」

でんぶの鯖は癖が抜けて、旨味だけになっているので、松茸の香りがひときわ際立つ。

「松茸といえば、いとも、繊細な香りゆえ、鯛《たい》などの白身魚とだけ添うものと思い込んでいたが、鯖とも相性がこうもよいとはな。松茸は高値、鯖は下魚。これぞ鯖の玉の輿《こし》よ」

烏谷は忙しく箸《はし》を動かし、ぺろりと三杯平らげたところで、

「ああ、やっと小腹が怒りを納めてくれた」

満足げに、ぽんと突き出ている腹を叩き、

「何とまあ、蒸し鮨とは奥の深いものよな。秋の七草の会で吉川《よしかわ》様や奥方様、皆が褒めちぎったのも無理はない」

しみじみと言った。

「大前屋《おおまえや》さんに賊が入って、大きな金の仏像と金剛石が狙《ねら》われ、女隠居が亡くなったのは、

あの会の後でした」

季蔵は切り出した。

「そうであったな」

烏谷はわざとらしく洟《はな》を啜《すす》って、茶をぐいと飲み干すと、

「それにしても、寒くなったのう」

胸元から懐紙を取り出した。

「土佐屋のお内儀《かみ》殺しの御詮議は、土佐屋亀之助が自ら命を絶ったことで幕引きなのですか」

季蔵はやや不満を込めた口調を隠さなかった。

「今回、田端や松次たちはよく働いてくれた。おかげで、頭巾を被った男に、法外な値で襤褸を売ったという物乞いを見つけることができた」

「紋付きの方は？」

「こちらは柳原の土手に軒を並べている、床店《とこみせ》の古着屋で売られていた」

「やはり、買ったのは、顔を隠した男ですか？」

「いや、若い女だそうだ。形はかまっていなかったが目鼻立ちは整っていたという」

「その女の行方《ゆくえ》は？」

「探しているが、形をかまわない美人であるというだけが頼りでは、まず、見つかるまい」

「お奉行様は、どうお考えなのです？」

「おけいが下手人だと我らが疑っていて、近く、おけいの長屋を調べると松次から聞いた土佐屋は、おけいに罪をなすりつけようとした。これは間違いない。土佐屋は、頭巾を被って物乞いから襤褸を買い取った。だが、土佐屋は、兼ねてから、施し癖のある、家付き娘の女房に不満を募らせていただけで、根っから腐ってはいなかった。むしろ、気が小さく、それゆえに、永きに亘《わた》って、女房に何も言えず、いつしか、心に魔が棲《す》むようになったのだ。おけいを嵌《は》めようと、襤褸は買い取ったものの、そのうちに、これでよいのかという、良心の呵責《かしゃく》に苛《さいな》まれるようになったのではないか。金銀、玉好きが高じて大前屋に盗みに入り、居合わせた女隠居を手に掛けてしまった罪も悔いたのだろう。こうなった末はもう死ぬしかないと思い詰めたが、襤褸のまま、墓前で死んでは恰好《かっこう》がつかない。それで、物乞いの姿のまま、声を掛けても立ち止まってくれた、行きずりの貧しげな女に銭をやって頼み、紋付きを買わせ、身形《みなり》を調えて、自害に及んだものと思われる。盗まれたと偽った墓前のお宝がすべてを物語っている」

「ちょっと待って下さい。どうして大前屋さんの件まで土佐屋亀之助の仕業だとおっしゃるのですか。第一、墓前のお宝の中に、大前屋の女隠居の箪笥《たんす》から盗み出されたという、金剛石が見あたりませんでしたが――」

「紋付きを買うよう頼んだ女が、土佐屋の持ち合わせている銭では承知せず、仕方なく、金剛石を与えたのではないか」

――辻褄は合うが――

「土佐屋はその時、珊瑚や瑠璃、琅玕等の玉で出来た、女が喜びそうな飾り物を持っていました。女なら、そちらの方を無心するのでは？」

「金剛石しか見せなかったのだ。墓前で詫《わ》びて、己が命を絶つと決めていた土佐屋は、先代と女房のものだったお宝を、一品でも欠かすことはできなかったはず――」

烏谷はにこにこと笑って、季蔵の疑問をねじ伏せた。

「先ほど、土佐屋が金銀、玉好きだったとおっしゃいましたが、誰が証を立てているのでしょうか」

季蔵が訊ねると、

「出入りの骨董《こっとう》屋からも土佐屋の金銀、玉好きについて話を聞いた。特に高価で珍しい玉には目がなかったとのことで、〝夜光の珠〟と称されている、巨大な真珠をめぐって、何人もの大尽とせり競ったこともあるそうだ。この時も普段の穏やかな様子からは思いもつかぬほど、興奮熱狂し、せり落とした相手を、あしざまに罵《ののし》っていたのだとか――」

烏谷は難なく応えた。

「もしや、その相手とは？」

「大前屋吉三郎《きちさぶろう》だ。大前屋は、〝夜光の珠〟を我が物としてから、何度か、土佐屋から譲ってくれと言われていたが、断り続けていたとのことだった。土佐屋には、この意趣晴らしもあったのかもしれぬな」

烏谷はにっと口元だけ緩めて、

「そちはこれでも、まだ、土佐屋が一連の事件の下手人ではないと思うのか？」

笑っていない目を季蔵に向けた。

――二件の殺しの下手人は土佐屋以外には考えられないというのか――

「お内儀さんのおとみさんを手に掛けたのは土佐屋亀之助だと思います。しかし、大前屋さんの女隠居の方は――」

「得心がいかぬのだな」

「わたしが土佐屋なら、金剛石ではなく、〝夜光の珠〟を狙うのではと――」

「そのつもりだったが見つからず、在処《ありか》はどこかと、女隠居を責め立てているうちに、殺してしまったのではないか。女隠居は金剛石を差し出して、命乞いをしたのかもしれぬ」

――なるほど。しかし、まだ疑問は残る――

「なにゆえ、寺の裏手に実っているという、江戸柿を手にしていたのでしょう？」

「甘柿は生で美味《おい》しく、渋柿も、干し柿にすればたいした甘味に変わる。この市中で、柿を嫌いなものは少ないと思うが、どうかな？」

「その通りです」

「だとしたら、土佐屋の女房おとみも柿が好物だったはずだ。土佐屋は盗まれたと偽った金銀、玉だけではなく、柿もおとみに手向《たむ》けたのだ」

――ここまで言われては、もう、土佐屋下手人説を覆《くつがえ》すことはできない。しかし、土佐屋亀之助が自害したのではないことは、あの場に居た誰もが確信したはずだ。なのに、お奉行様は自害で終わらせようとなさっている。亀之助を殺めた奴をあぶりだすために、これ以上、騒ぎを大きくさせないための方便なのだろう。いつもながら、食えないお人だ――

「得心いたしました」

季蔵は、がっくりと首を前に垂れた。

「そうか、それはよかった」

烏谷はからからと笑って、

「下手人が大店《おおだな》の主《あるじ》ゆえ、この手の事件の結末は、御老中方までもお気にかけておいでだ。これで、決着した。よいな」

最後の一言で釘を刺した。

――これ以上、詮議は無用ということなのだろう――

「ついては南町には世話になったゆえ、馳走《ちそう》の席を設けたいと思っている」

季蔵は島村蔵之進《しまむらくらのしん》が、東徳寺に立ち寄ったと言ったことを思い出した。

――世話になったと言えないこともないのだろうが――

「伊沢《いざわ》と島村の二人をここへ呼ぼうと思っているが、一つ、頼みがある」

「何でございましょう」

「蓮《はす》料理、できれば蓮尽くしを振る舞ってはくれぬか」

——柿でもてなした折、お二人は柿入り葛餡《くずあん》かけの蓮団子を、いたく、気に召しておられた——

「承知いたしました。ただし、なにゆえ、蓮料理がよろしいのか、その理由《わけ》をお話しいただけると、より好ましい案が浮かぶのではないかと——」

「よかろう」

宴席が待っているはずだった烏谷は、

「急な病になったと使いを出そう」

また、わざとらしく洟を啜り、

「まずは酒だ。あと、もう一杯、松茸と鯖でんぶの蒸し鮨を頼む」

腰を据えて話し始めた。

三

「そちも察してはおろうが、わしと南町の伊沢真右衛門《しんえもん》は古くからの友じゃ。本所亀沢町にある、直心影流《じきしんかげ》の道場で知り合った。その頃、早くに両親に死に別れて親戚に居候《いそうろう》していたわしは、烏谷家に貰《もら》われて、一人娘の千代《ちよ》を娶《めと》らされたばかりだった。舅《しゅうと》殿は、勉学に秀《ひい》でたわしに期待をかけられた。ところが、わしは若い時からこの通りの面相だ。芝居好きで、贔屓《ひいき》の役者に熱を上げているような妻に、〝牛饅頭《まんじゅう》〟と陰口を叩かれて嫌われた。寝所を共にせぬまま、月日が経《た》ち、さすがに、悶々《もんもん》とした日々が続いて、わしは捌《は》け口をもとめた。しかし、色街へ足を運ぶだけでは、男として、これ以上はないと思われる、屈辱の極みを拭うことはできなかった。それで道場通いを始めた」

――お奉行様が身の上話をなさるとは珍しい――

「剣術は極められましたか？」

今まで、季蔵は刀を振るう烏谷を目にしたことがなかった。

「いや。道場で得たのは、伊沢真右衛門という、良き友だけであった。伊沢の父親は、南町奉行所の筆頭与力ゆえ、その頃の海のものとも山のものとも知れぬわしには、先が約束されている真右衛門が眩《まぶ》しく見えたぞ」

「伊沢様の剣の腕は？」

――あの隙《すき》がありそうで無い後ろ姿はできる証だ――

「伊沢はなかなかの手練《てだ》れゆえ、剣が不得手だったわしは兄と慕っていたが、何と、同い年だった。もっとも、これの方はわしの方がよほど達人であったが――」

烏谷は片目をつぶって小指を立てた。

「実は、あやつにお涼《りょう》を会わせたのはこのわしだ」

――えっ。お奉行様が、お涼さんと知り合われたのは、奥方様が亡くなられてからと伺っているが――

季蔵が首を小さくかしげたのを烏谷は見逃さなかった。

「そちは、入り婿の身でこづかいとて、たいして持ち合わせないわしが、お涼とどこで知りおうたかと、訝《いぶか》しんでおるな。たしかに、今と違って、料理屋の座敷に芸者を呼びつけることなどできはしなかった。だがな──」

烏谷は過ぎし日をなつかしむ、はるか、遠くを見通す目になって、

「〝牛饅頭〟と妻に陰口を叩かれる醜男《ぶおとこ》でも、小股《こまた》の切れ上がった、いい女に好かれないとは限らぬのだ」

満面に無邪気な笑みを浮かべた。

──まさか、お奉行様は魂胆があって、お涼さんを伊沢様に引き合わせたのでは？──

「お涼と親しく言葉を交わしたのはな、千代が亡くなってからだ。もっとも、それ以前に、舅殿に伴われて出た宴席で、酌はしてもらったがな。宴席でわしが通っていた道場を洩《も》らしたものだから、もう一度、会ってくれ、会ってくれと道場に忙《せわ》しく文が届いた。それで、伊沢に会わせることにしたのだ」

烏谷の目にはまだ笑みが残っている。

「奥方様がおられたからですね」

「芸者なんぞと関わっていたら、やっと、入り込んだ婚家を追い出されてしまうゆえな」

「それでお二人は？」

「とにかく、伊沢は初心《うぶ》な男だった。いそいそとやってきた相手が、売れっ子芸者のお涼だったから、初心な伊沢は一目でお涼に惚れた。伊沢真右衛門は今でこそ、あのように、年不相応に枯れてしまってはいるが、若い時分は、きりっとしたなかなかの美丈夫で、お

涼とは似合いであった。お涼の方も、まんざらでもなかったはずだ」

「その後、お二人は？」

「伊沢は父方の親戚筋から妻を娶り、子をなして、お涼とはそれっきりになった。だが、人の世とは不思議なもので、わしを〝牛饅頭〟と陰で罵っていた千代は、流行風邪《はやりかぜ》で逝き、早くに妻を亡くしていた舅殿も、後を追うように亡くなった。そして、お涼とわしが今のようになった。わしは晴れて、自分の一存で鳥谷家を裁量できるようになっていたが、お涼は屋敷へ来て、奥方の座に座ろうとはしなかった。わしは日陰の身のお涼を案じて、どこぞの武家の養女にさせ、武家の娘として、祝言を挙げるよう、もちかけたのだが――。〝身に余る、有り難いお話ではございますが、それでは、芸者として生きてきた歳月を捨てることになります。わたしは芸者、お涼を恥じてはおりません。どうか、このままでお願いします〟と断られた」

――いかにもお涼さんらしい――

季蔵はぴんと伸びた背筋に、端正な面長の顔と、やや長めの細い首を預けている、お涼の際立って美しい立ち姿を目に浮かべずにはいられなかった。

「伊沢様の方は、ご家族とずっとお幸せにお暮らしなのですね」

季蔵は何の気なしに洩らしたのだったが、

「今、伊沢は独り身だ」

鳥谷は眉間《みけん》に皺《しわ》を刻んで、

「忘れもしない、十五年前の紅葉がひときわ美しい今頃だった。子らと向島《むこうじま》の秋葉《あきば》権現《ごんげん》に紅葉を眺めに行った妻女が、供の小者《こもの》もろとも、帰り道で襲われて命を落とした」

「襲った奴らは捕まったのですか？」

季蔵も知らずと顔を歪《ゆが》めていた。

――何という、苛《か》酷《こく》な運命なのだろう――

「伊沢は家族の仇《かたき》を討つために、不眠不休で調べを続けた。まむしの源八《げんぱち》という男を捕らえた。源八は市中引き回しの上、磔獄門《はりつけごくもん》に処せられた。すべてが終わった後、伊沢は訪れたわしに、〝何をどうしても、二度と妻子は戻っては来ぬ。俺を放っておいてくれ〟と、ぽつりと言った。忘れられぬ言葉だ。以後、今まで、交友が絶えていたのは、〝放っておいてくれ〟という伊沢に応《こた》えるつもりでいたからだ。だが、違っていたかもしれぬな。柿入りの葛餡をかけた蓮団子を、あのように喜んでいたとなると――」

――いよいよ、蓮料理を所望される真意が語られるのだ――

「伊沢様は蓮に何か、思い入れがおありなのでしょうか？」

「お涼はの、昔、蓮美人と騒がれていたのだ。極楽の池にも咲いて、仏様をお慰めするという蓮は、初夏に、神々《こうごう》しいまでに美しい花が愛《め》でられるだけではない。秋から冬にかけては、滋味豊かな根茎が美味しい料理となって我らが膳を賑《にぎ》わす。芸者が見目麗《みめうるわ》しく、芸事に秀でているのは当たり前だが、お涼はそれだけに止《とど》まらず、人並み外れて賢いのに、決して、それをひけらかさず、誰に対しても、分け隔てない優しさで接していた。ようはお涼こそ花も、実の代わりに根茎もある蓮のような、理想の女子《おなご》というわけだ。あるいは仏様の化身のような女だとも言われた。耳をそばだてても、不思議にやっかむ声は聞かれなかった」

「しかし、それには理由《わけ》がありそうです」

——人とは、眩しい相手に好意を寄せる反面、羨望《せんぼう》の果てが嫉妬《しっと》を呼び寄せるものだ——

「蓮美人と呼ばれるようになったそもそもは、さる大名家の殿様の酔狂であったことを思い出したぞ。名は言えぬが、外様《とざま》ながらなかなかの大藩の当主は代々、たいそう信心深く、江戸屋敷に大きな蓮池を造らせていた。そこへ、今は隠居の身の前当主が、お忍びで市中に遊びに出た折、座敷へ呼んだお涼に惚れて、屋敷内で行われている蓮見に呼ぼうとした。落籍《ひか》して、側室にしようという腹だった。とかく、嫉妬深いと有名な年上の奥方に、先祖代々の行事である蓮見にかこつけて、お涼を引き合わせ、許しを得るつもりだったのだろう。ところが、お涼は、自分には夜尿の癖があるからと偽ってこれを断った。方便とはいえ、女の身で夜尿の癖があるなどとは、なかなか言えぬものだぞ。しかし、お涼はこれを言ってのけた。世間は露ほども、お涼が夜尿であるなどとは思ってはおらぬゆえ、捨て身で玉の輿を蹴《け》ったお涼の心意気に喝采《かっさい》した。蓮美人は痛快にして、栄耀《えよう》栄華や金品に惑わされぬ、竹を割ったようなまっすぐな気性だとな——」

烏谷は己が自慢話のように鼻の穴を膨らませた。

「その話を伊沢様もご存じなのですね」

「あの頃は日々、瓦版屋が書き立てておったゆえ、知らぬはずはなかったろう。もとより、伊沢が一目惚れしたのは、お涼の見た目の麗しさだけではなかったのだ」

「それで、蓮美人、お涼さんにあやかって蓮料理を、とのことなのですね」

「しばらくぶりで伊沢に会って、あの頃のお涼を思い出した。今になって、やっと、わしの方からお涼に惚れたぞ」

烏谷はしゃあしゃあと言ってのけて、

「蓮料理を肴《さかな》に、あの頃のことを、伊沢と語り尽くしたくなった。よろしく頼む」

形だけ頭を下げた。

烏谷を送り出した後、店に戻った季蔵は、しばし、どうしたものかと考えて、

「どうしたの？」

案じるおき玖《く》に、

「お奉行様から大変なことを仰《おお》せつかりました」

と、相談をもちかけた。

話を聞いたおき玖は、

「蓮美人の話なら、おとっつぁんからちらっと聞いたことあるわ。店に来たお涼さんに子どものあたしが見惚《みと》れて、〝おっかさんと、菩薩《ぼさつ》様の次に綺麗《きれい》。大人になったら、ああいう女の人になりたい〟って言うと、〝高望みは止《や》めときな。蓮美人はそんじょそこらの御

武家の奥方なんて、足下《あしもと》にも及ばねえ、気骨の持ち主なんだから〟って。なるほど、おとっつぁんのあの時の言葉、今の季蔵さんが話してくれて、よくわかったわ。やっぱりねえ、お涼さんって、凄《すご》い女《ひと》だったのね」

まずは深々とため息をついた。

四

「お奉行様がお望みの蓮料理は、お涼さんを想《おも》わせるものということになります」

季蔵は考え込んでしまった。

「たしかに、今、思いつく蓮料理では、満足してもらえそうもないわね。お涼さんを思い浮かべさせないと――。そうなら、やり方は一つ。季蔵さん、蓮料理の閃《ひらめ》きを得るために、明日にでもお涼さんに会ってみるしかないわ。瑠璃《るり》さんにも会えるし、いいじゃないの」

こうして、おき玖の勧めで季蔵は翌日、お涼の家を訪れることになった。

「瑠璃さんへのお土産《みやげ》、忘れないでよ」

おき玖に促されて、島村が置いていった甘柿が一つだけ、残《こしら》っていたことに気がついた季蔵は、裏庭に咲いている食用の黄菊を摘んで、菊花水を拵えた。

――瑠璃は柿の甘みと菊の香りが好きだった――

菊花水は、よく熟した甘柿のとろけそうに柔らかくなった先端部を切り取って、小鉢に据え、食用黄菊の花びらを小高く盛りつけ、その上から、葛でとろみをつけた透明な餡をかけて賞味する。

「秋の夢とはこういう食べ物をいうのだわね」

ふーっと感動のため息をついたおき玖は、

「そうそう、柿と黄菊の絵柄の小鉢があったはず。瑠璃さんには、その器で菊花水を食べてもらってね」

離れの納戸から、柿色と黄色が鮮やかな九谷焼の小鉢を探し出してきた。

「これで食べたら、きっと、気分が明るくなるでしょうから」

季蔵は菊花水を作るのに必要な禅寺丸柿と黄菊、対になっている九谷焼の小鉢を携えて南茅場《かやば》町へと向かうことになった。

出がけに、

「それにしても、奥様やお子さんを亡くした伊沢様に、若い頃、一目惚れしたお涼さんを思い出すことのできる蓮料理を振る舞うなんて、お奉行様はどういうおつもりなのかしら？　羨《うら》ましがらせ？　よくない趣味よ」

ふと、おき玖は呟《つぶや》いて眉を寄せた。

お涼の家に立って、

「塩梅屋《あんばいや》でございます、季蔵です」

声を張ると、

「よくおいでくださいました。瑠璃さんがどんなに喜ぶことか――」

背筋が伸びて垢抜《あかぬ》けた着付けのお涼の立ち姿は、相変わらず、清々《すがすが》しく美しかった。

——お涼さんが、この姿でいないことなどあるのだろうか？——

家の中でのお涼の立ち居振る舞いにも、緩みも寸分の隙もないのである。

「どうされました？」

常とは違う季蔵の様子にお涼は困惑している。

「何か、わたしの顔にでも付いているかしら？」

どうやら、まじまじと相手を見つめていたようである。

「今日は菊花水を拵えにまいりました」

季蔵は手にしていた籠《かご》を掲げて見せて、

「お邪魔いたします」

家の中へと足を進めた。

「それでは、まずは厨《くりや》へ」

お涼に案内された厨で季蔵は菊花水を作り上げた。

「どうぞ」

季蔵に勧められたお涼は、

「いえ、まずは瑠璃さんから。この柿の鴇《とき》色と黄菊の金色、明るく贅沢《ぜいたく》な色に心和《なご》まれることでしょう」

菊花水を盛りつけた九谷焼を二つとも、盆に載せて差し出した。

このところ、瑠璃は季節の変わり目のせいか、疲れて眠りがちだと報《しら》されている。

「お医者から、この時季の風邪は長引くので、決して、風邪を引かせぬようにと言われています。瑠璃さんの部屋のある二階がほどよく温かくなるよう、下の座敷の火鉢の火は絶やさないようにしています。二階に火鉢を持ち込むのでは、温まりすぎてよろしくないそうなので」

お涼の瑠璃への世話は行き届いていた。

眠っていた瑠璃は季蔵が障子を開けて、枕元に座ってしばらくすると、

「いい匂《にお》い」

ぱっちりと黒目がちの大きな目を開いた。

「瑠璃の好きなものばかりだ」

季蔵は起き上がった瑠璃の手に、菊花水入りの九谷焼の器と、木匙《きさじ》を持たせてやった。

しばらく瑠璃はじっと器の中に目を凝らしていて、

「綺麗、秋が綺麗。綺麗を食べればあたしも綺麗に――」

夢見るようなまなざしで唱《うた》うように呟いて、一匙、二匙とゆっくりではあったが、確実に口に運んだ。

――瑠璃のこのまなざしを覚えている――

季蔵はいつだったか、瑠璃が甘柿を土産に訪れたことを思い出していた。

三本もあった柿の木はどれも渋柿で、いい加減、干し柿は食べ飽きたと瑠璃に洩らした

ところ、甘柿を届けに来てくれたのである。

――あれは、ずんぐりしていて四角張った円形の次郎柿だった。〃頑固一徹なうちの父上に似ておりましょう?〃と瑠璃が言い、涙が出るまで、二人して笑い続けた。座敷で土産の柿を食べてしまった後、わたしたちは縁側に座って、母上が丹精しておられた庭の菊を見た。瑠璃は急に言葉少なくなり、〃庭から流れてくる菊の香が、この世のものとは思えぬ芳香ゆえ、このまま、わたくし、菊の花になってしまいたいわ〃と呟いた。この時の瑠璃の目と同じだ――

瑠璃は手にしていた小鉢が空になると、残りの方に目を遣った。

「存分に楽しむといい」

季蔵は空の器と菊花水入りの器を取り替えてやった。

「柿や菊になりたい」

瑠璃は幸福そうに微笑《ほほえ》んだ。

「なれるとも」

大きく頷いた季蔵の目頭が熱くなった。

――瑠璃には人であり、女であることが辛《つら》すぎるのだ――

「季之助《としのすけ》様」

瑠璃は最後に季蔵を武士で許婚《いいなずけ》だった頃の名で呼んで、疲れたのか、再び眠りに入った。

その寝顔はいつになく満ち足りている。

――正気を失うことになったきっかけの凄惨《せいさん》な修羅場ではなく、楽しかった過ぎし日を夢に見ていてほしい――

この後、季蔵は空になった器を片付け、足音を忍ばせて階段を下りた。

厨では襷《たすき》を掛けたお涼が昼餉《ひるげ》の準備をしていた。

「まあ、よく食べてくれたこと」

お涼は空になった器をうれしそうに見た。

「また、眠りました」

「それでは、瑠璃さんの昼餉は後ね」

お涼は木の葉めしを拵えていた。

「瑠璃さん、椎茸《しいたけ》、椎茸って寝言で言うもんだから、好物かもしれないと思って」

木の葉めしは椎茸を薄めた梅風味の煎り酒でさっと煮て、汁気を切って冷まし、小指の先ほどに切り、炊きたての飯に混ぜて、器に盛り、たっぷりの熱い出汁《だし》をかけて仕上げる。

「わたしの生家でも、瑠璃のところでも、クヌギで椎茸を作っていました。秋には沢山生えていたので、それを思い出したのでしょう」

「わたしの拙い手料理でよろしければ、おつきあいくださいな」

「いただきます。ありがとうございます」

――よかった。これでやっと、お涼さんと話ができる――

季蔵は木の葉めしの丼が載った膳を挟んで、お涼と向かい合った。

「生椎茸ならではの柔らかな歯応えと、上品な風味です」

「木の葉めしと名付けられたのは、秋になると、葉が枯れて、椎茸の色になるからでしょうね」

そんな話の後、

「何かあるのですか？」

季蔵が箸を置いたところでお涼の方が切り出した。思い詰めた表情でいる。

「旦那様は常から、清濁合わせ飲んで、働き過ぎです。何事も、過ぎるとよいことばかりが続くものではないです」

「お奉行様からの頼み事ではありますが、御身に関わることではありません」

季蔵はきっぱりと言い切って、烏谷から聞いたお涼の若かりし頃の話や、蓮美人と称されるようになった、大名家相手の武勇伝について言葉を継いだ。

「旦那様は、今になって、そんなことまで話されたのですか」

お涼は呆《あき》れ顔にはなったが、

「でも、間違ってはおりません。旦那様のおっしゃる通りです」

眉は動かさず、

「それにしても、伊沢真右衛門様、おなつかしい名ですね」

ふっと吐息をついた。

そこで季蔵は伊沢が見舞われた家族の悲劇について話し、

「蓮料理を介して、伊沢様に蓮美人のあなたを思い出していただくのは、酷ではないかとも思うのですが――」

おき玖の懸念を口にした。

「そもそも、旦那様は人をいたぶるようなお方ではありません。ましてや、お相手は仲のよろしかった伊沢様とあっては――。伊沢様を若く楽しかった思い出に誘って、心安らぐ一時を過ごしていただきたい、ただそれだけだと思います」

お涼は言い切った。

五

塩梅屋に戻った季蔵は、おき玖にお涼のこの言葉を伝えた。

「ああ、それ、もしかして――」

言いかけて止めたおき玖は、

「お涼さんの言う通りだとして、とにかく、蓮料理を考えて拵えなくっちゃね」

紙と筆、硯《すずり》を持ってきて季蔵の前に置いた。

「お奉行様も伊沢様も、柿入り葛餡かけ蓮団子がお気に召したっていうから、蓮をすり下ろした団子やつくねは欠かせないわね。そうそう、すり下ろした蓮に青海苔《のり》を入れて揚げると、磯の香りがする味も形も、牡蠣《かき》もどきだし。蓮団子やつくねは煮ても、揚げてもよしの優《すぐ》れ料理だわ」

おき玖は季蔵が蓮団子やつくねの料理を、献立の筆頭にあげるものとばかり思っていたが、

「たしかにすり下ろした蓮は、煮るにも揚げるにも、小麦粉等のつなぎが要らぬ上、柔らかで美味しいものです。ですが、こうした料理で、かつて、蓮美人と称されてやんやと喝采を浴びた、お涼さんのまっすぐな気性を表すことができるとは思えないのです」

「すり下ろさない蓮は、気持ちがいいほど、しゃきしゃきの歯応えが身上よ」

「お涼さんに通じます」

季蔵は筆を手にした。

蓮美人尽くし

小鉢　蓮の芥子和《からしあ》え

お椀　蓮の風呂吹き風鴨《かも》そぼろ餡かけ

お造り　蓮の刺身　山葵《わさび》醤油

焼き物　蓮焼き　香り味噌《みそ》添え

煮物　きんぴら蓮

揚げ物　蓮の海老《えび》はさみ揚げ

菓子　蓮煎餅《せんべい》

「明日、早速試してみましょう」

こうして、蓮美人尽くしの試作が始められた。

蓮料理の基本は皮を剝《む》いた後、灰汁《あく》取りのために酢水に晒《さら》すことである。

その際、出来上がりの大きさを想定して、節を切り分ける。

蓮の芥子和えの場合は、小指の長さほどの細切りに揃《そろ》え、灰汁を抜いたものを、さらに、酢、塩少々を加えた熱湯でさっと茹《ゆ》で、砂糖、塩、芥子、出汁で和える。

箸で摘《つま》んで口に入れたおき玖は、

「ぴりっと辛い味は、頭の良さにつながるけど、お涼さん、優しい人柄でもあるでしょう――」

うーんとしばし思案していて、

「見た目もちょっと地味すぎない？　お涼さんは今でも艶《あで》やかよ」

さらに首をかしげた。

すると居合わせていた三吉《さんきち》が、

「おいらんとこじゃ、菜が寂しい時はたいてい、おっかあが、〝これで華やぐよ〟って、ぬか漬けの人参を付け足してるよ」

「人参と合わせてみましょう」

季蔵は、蓮は銀杏《いちょう》切りにして酢水に晒し、人参は小指の半分ほどの細切りに揃えて、酢と塩入りの熱湯で、蓮、人参の順でさっと茹で上げ、白すり胡麻、酢、醬油、砂糖で和えた。

「蓮の胡麻酢和えです」

「おいらは辛いの苦手だから、こっちの方がいいな」

いつもの通り、三吉も試食に便乗する。

「胡麻の風味が何とも温かいわ。でも、お涼さんは温かいだけの女じゃなくて、太い気骨の持ち主だから、芥子和えの方も捨て難い。小鉢二種では駄目かしら？」

「それではそうしましょう」

季蔵は筆を取って献立を書き換えた。

次なる風呂吹き風鴨のそぼろ餡かけの蓮は、断面の穴がすべて見えるよう、人差し指の長さに大きく切り分ける。

これを、たっぷりの出汁の入った深鍋で煮上げ、鴨を叩いて、酒、醤油、砂糖、味醂でやや濃厚に味付けし、葛でとろみをつけた、そぼろ餡をかけて供する。

「ごつい様子で見た目、美人とはほど遠いけど、ほくほくで柔らかいったらないね」

三吉の箸は進み、

「そぼろ餡の中に、弁慶みたく、動ぜずに立ってるこの蓮、お涼さんそのものだわ」

おき玖は見惚れた。

「お造りの刺身はそろそろ――」

季蔵が戸口に目を向けた時、

「邪魔をする」

島村蔵之進が、がらりと油障子を引き開けた。

手には蓮の入った籠をぶらさげている。

「これを届けに来たぞ」

島村は籠を愛《いと》おしそうに眺め、

「こやつのおかげで、美味《うま》いものが食える所へ行き着いた」

目を細めて、

「この近くで、良効堂《りょうこうどう》の使いの者と行き合った。すぐにぴんと来たので、訊《き》いてみたところ、ここへ掘りたての蓮を届ける途中だという。ならば、俺が代わって届けてやろうと、買って出てやったのだ。これでも、定町廻りの役人ゆえ、蓮盗人と怪しまれることもなかった」

はははと笑ってさらに目を細くした。

「ありがとうございました」

季蔵は頭を下げて、島村から籠を受け取った。

「ちょうど、これから、蓮の刺身を試してみようと思っていたところです」

「そうか、よかった。やはり、よいところに来たのだな」

そこで島村の腹がぐうと鳴った。

「昨夜、酒を過ごして、朝から何も食べていない。喉《のど》も渇いている」

島村はおき玖に乞うようなまなざしを投げかけたが、

「あたし、離れで片付けものがあったのを思い出したわ。季蔵さん、よろしく頼みますね」

「お、おいらは、裏庭で銀杏や胡桃《くるみ》の殻を、叩いて外す仕事があるんで――」

口実をつけて、二人はそそくさとこの場を逃げ去った。

「今、これを刺身にしてみますので、それまでのお口汚しに」

季蔵は残っていた二種の和え物と、風呂吹き風鴨のそぼろ餡かけを島村に勧めた。

「ありがたい」

早速、箸を取った島村は、

「俺は、どうも、人に好かれぬ性質《たち》でな」

たいして、悲観している様子もなくにっと笑った。

「料理と同じで、万人に好かれるお人などおりませんから」

季蔵は良効堂の主に都合してもらった蓮をじっと見つめている。

先代長次郎《ちょうじろう》の頃からつきあいのある、老舗《しにせ》の薬種問屋の良効堂には、代々伝えられてきた広大な薬草園があり、そこには薬草だけではなく、身体に滋味をもたらす青物の数々が栽培されている。

その中には、遠く、加賀から種を取り寄せているという特別な蓮もあって、長次郎は遺《のこ》した日記の中で、〝一節目に限って刺身にできると良効堂の主より聞いた〟と記していた。

季蔵は皮を剝き始めた。皮までがきめ細かで、するすると包丁が滑っていく。

――刺身にできるのなら、酢でアクを抜くこともなかろう――

思い切って、酢も塩も入れずに、水だけに晒した。

「雪の白さだ。何とも美しい」

島村が感嘆した。

「どうぞ、召し上がってみてください」

醬油に山葵を添えた。

「美味い!!」

珍しく島村は目を見開いた。

季蔵も箸をつけて驚く。

――こんなに柔らかな生の蓮があるとは――。まるで、もぎたての梨のような歯応えと瑞々《みずみず》しさだ――

「たしかに蓮の刺身が美味いのはわかった。だが、これだけが蓮の醍醐味《だいごみ》ではなかろう?」

すでに、島村の目は献立に向けられている。

「後は焼き物、煮物、揚げ物、菓子か――どれも、甲乙《こうおつ》つけがたく美味そうだ」

島村は腰を据えるつもりのようで、

「これから、作ってまいりますので、お試しください」

季蔵は微笑んだ。

蓮焼きはよく洗った蓮を、皮のまま、縦四つ切りにして、炭火でじっくりと焼き、黒白各々のすりごまと赤味噌、出汁、味醂、削り鰹《がつお》を合わせた香り味噌を付けて食べる。

「野趣ある風味だ。蓮の皮も捨てたものではないな」

きんぴら蓮は、牛蒡《ごぼう》の代わりに蓮を用いた、誰もが好む菜で、細切りにした蓮と人参を、菜種油、醤油、酒、砂糖で炒《いた》め煮にし、汁気がなくなったら、赤唐辛子の小口切りを加え、白いりごまをふりかけて仕上げる。

「今時分、どこでも味わうことのできる、柿と同じで、慣れた美味さではあるが、不思議と飽きぬものだ」

皿一杯のきんぴら蓮を平らげた島村は、満足そうにふーっと大きく息を吐き出しつつ、真顔で季蔵の目を睨《にら》むように見つめた。

――なにゆえ、突然、柿に例えられたのか？――

季蔵は一瞬、微笑みを消した。

――島村様は土佐屋と東徳寺に目を付けておられた。もしや、島村様は土佐屋が殺されたと疑っておられるのでは？――

すると、ほどなく、勝手口が開いて、

「ごめんなさい、季蔵さん、思いがけず、離れの片付けが手間取ってしまって――。そろそろ八ツ時、今日はこれから、田端様や松次親分がおいでなさるんだったわね。三吉ちゃんもちょうど、銀杏や胡桃割りを終えたところよ」

おき玖が後ろに三吉を従えて、島村を追い出しにかかった。

「北町の方々がおいでか――。すでに、一件は落着したことだし、互いに用はなかろう」

苦笑して立ち上がった島村を見送った季蔵は、その耳元に、

「東徳寺で死んでいた土佐屋亀之助が手にしていた江戸柿は、あなたが握らせたのではありませんか？　土佐屋は殺されたのではないと、抱いた疑いを示すために――」

素早く囁《ささや》いた。

「東徳寺ねえ。何の話だか――」

島村はぐずぐずと笑み崩れ、

「ただし、東徳寺の裏の江戸柿で作る、干し柿は市中で五本の指に入るほど美味い。それだけは知っている」

と言った。

六

この後、季蔵はお き玖と三吉のために、蓮の刺身と蓮焼き、きんぴら蓮の三種を作り直した。

「蓮のお刺身は甘くて、蓮焼きは風味豊か――」

お き玖は感嘆し、三吉は、

「このきんぴら蓮、粋ってぇか、ただのきんぴらじゃねえけど、きんぴら牛蒡に限っちゃ、

おいらのおっかあのだって、満更《まんざら》じゃねえんだけどな」

真顔で言った。

――蓮の海老挟み揚げと蓮煎餅は、揚げ物のお好きなお奉行様にお味見いただくとしよう――

明日にでも、立ち寄るようにとの文を書こうと思っていた季蔵は、翌朝早く、長屋の油障子を叩く音で目を覚ました。

烏谷からの使いの者で、すぐに霊岸島《れいがんじま》まで来るようにとのことであった。

身支度を調えた季蔵は使いの者の案内で、霊岸島の新川に架かる三の橋の北側へと急いだ。

――今日はいつになく冷え込むな――

すでに夜は明け、陽《ひ》は射してきているが、白い息は洩れ続けている。

三の橋北側は鮮やかな深紅に咲き誇る、彼岸花の名所である。見頃は終わってしまっているが、まだ、ちらほらと、遅く、花開いた赤い花弁が散らばっている。

彼岸花畠《ばたけ》の中ほどに烏谷が立っている。

さらに近づいて行くと、烏谷が前のめりになって座っている相手を見下ろしていることがわかった。

袴が見えたので武士だろうと見当をつけて進む。

――いったい、誰なのだろう？――

やっと顔を見ることができたが、

——伊沢様——

その顔は蒼白《そうはく》で血の気がなかった。

「来てくれたか」

気配を感じて鳥谷が振り返った。

くしゃくしゃに歪んだ鳥谷の顔も青い。

「亡くなられています」

季蔵は鳥谷に並んで、腹から流れ出た血で着物を染め、脇差しで頸部《けいぶ》を切って果てている伊沢真右衛門を見つめた。

「彼岸花は猛毒だが、薬効もあるゆえ、朝一番で、ここへ根を掘りに来た医者が、伊沢の骸を見つけ、仰天して番屋へ届けてきた。覚悟の自害であろうが——」

烏谷は伊沢の腰のあたりをちらと見て、

「誰ぞに殺《や》られたのなら、伊沢の脇差しが残っておろう」

「脇差しは、もちろん、太刀も見あたりません。自害だとすると、伊沢様は太刀を帯びずにここへ来て、脇差しを使って果てられたことになります」

「得心がいかぬようだな」

「このような泰平《たいへい》の世とはいえ、刀は武士の命でございましょう。ましてや、伊沢様は、相当の手練れとお奉行様から伺っています。刀への想いもおありのはず。自害をするのに、大事な太刀を持参していないのは合点が行きません」

「しかし、この姿は自害そのもの――」

烏谷は痛ましそうに首をかしげた。

「脇差しを確かめましょう」

骸の前に屈《かが》み込んだ季蔵は、脇差しから伊沢の両手を放させた。

――これほど強く握りしめていたとは――

季蔵の額に脂汗が滲《にじ》んだ。

伊沢の固い意志と闘って、両の手の指を一本一本やっとの思いで引きはがすと、鎺《はばき》と呼ばれている、刀の手元の部分に嵌《は》める金具をじっと見据えて、

「伊沢様は鎺に銀無垢《ぎんむく》をお使いでしたか？」

「いや、伊沢の鎺は銅無垢じゃ」

硬度の弱い銀無垢や金無垢の鎺は、剣術に秀で、鍛錬を怠らない者にとっては、無用の産物である。

「御家紋は？」

「たしか、橘《たちばな》」

「これは三枚笹《さんまいざさ》です。橘ではありません」

「すると、伊沢は刀も帯びずに、ここにやってきて、誰かと会い、そやつに殺されたというわけか」

烏谷は眉を上げた。

「よほど、心を許していた相手か、あるいは、何があっても、よいと覚悟していたかです」

「だが、わからぬのは、なにゆえ、地べたに座って殺められたのか」

「伊沢様は刺された後、ご自分でこのように座られ、首に刃をあてられたのです」

「自害に見せるためにか？」

「刺された時には、まだ、息はあったはずです」

「とすると、自害に見せてまで、庇《かば》いたい相手だったというのだな」

「そうとしか考えられません」

「やはり、わしにはまだわからぬ」

烏谷は憔悴《しょうすい》を隠せなかった。

季蔵は骸の周囲を丹念に見まわした。

――こんなものがなぜ？――

黒土の上に落ちていた、大振りの古びた独楽《こま》を季蔵は袖《そで》の中にしまった。

この後、伊沢の骸は番屋にではなく、八丁堀の役宅へと運ばれた。

「南町奉行所の筆頭与力たるものが、腰の物も帯びず、川原へ出向き、むざむざと殺されたとあっては、お上の面目が立たぬ。吉川様とも相談して、役宅での自害といたすゆえ、承知せよ、よいな」

烏谷は目を怒らせて言い放ち、伊沢の通夜、野辺送りは島村蔵之進が滞《とどこお》りなく執り行った。

季蔵は自らかって出て、通夜振る舞いを手伝った。

同心仲間の妻女たちも手伝いに加わって、厨と座敷を行き来し、膳や酒を運んだ。年嵩《としかさ》の妻女たちは、やれやれと一息ついたところで、口さがない話に興じた。

「喪主の島村様は伊沢様の遠縁なのだそうですよ」

「何でも、亡くなった奥様の遠縁だとか――」

「それで、島村様の前髪が取れる前に、伊沢様が引き取って、しばらく、ご自分の手許《てもと》に置かれたのですね」

「ならば、いっそ、養子にして、伊沢家をお継がせになればよろしかったのに」

「そうはいきません。島村家は伊沢様の奥様のお実家《さと》で、隠居されたお父上、後を継いでいたお兄上御一家が、流行病で一人残らず逝ってしまったのは、伊沢様の奥様やお子様方が、あんな亡くなり方をなさって、ほどなくのことですもの。蔵之進様に島村家を継いでいただかなくては、それこそ、祟《たた》られますよ」

「でしたら、島村蔵之進様でなくてもよろしいから、伊沢家と縁のある方を養子になさるべきでした。これで、とうとう、伊沢様のところは絶えてしまうのですから」

「不運な巡り合わせが重なるものなのですね。どうやったら、家族がつつがなく、いられるものなのかしら」

「それには、やはり、信心ですよ。家内安全、子孫繁栄と毎日、ご先祖様と仏様にお祈りするしかありません」

「たしかにそれしかございませんね」

――島村様が伊沢様のお身内だったとは――

季蔵は正直、意外な気がした。

――伊沢様は、秋の七草の会に島村様をお連れになるくらいだから、親しいはずだと思ってはいたが、役宅に置いて、世話を焼いていたというのは驚きだ。お奉行様と二人で店にみえた時も、伊沢様は島村様について、何一つ、話されてはいなかった。そこまで、手塩にかけて、めんどうを見られたのなら、我が子のように、可愛《かわい》いはずではないか？　伊沢家は継がせられずとも、親しい気持ちを口にしたくなるのが人の常というものだ。いったい、この二人はどうなっているのか？――

季蔵は不思議でならず、何日かして、塩梅屋に立ち寄った田端と松次相手に、この疑問を洩らさずにはいられなかった。

「そいつは、南町じゃ、一応、七不思議の一つってことになってるが――」

松次はちびちびと甘酒を舐《な》めつつ、

「ほんとのところ、伊沢様は、将棋だ、風流だって、上の好みに合わせて取り入るのが上手《うま》い島村の奴を、身内とはいえ、内心じゃ、恥ずかしく思ってたんじゃねえかってことのようだぜ。島村ときたら、筆頭与力の縁につながってるのをいいことに、ぶらぶらしてるだけで、ろくな働きはしてねえようだし」

口をへの字に曲げた。

「伊沢殿は一時、南町に鬼右衛門《おにえもん》ありと、北にまで、その名が轟《とどろ》きわたるほど、お役目に熱心であられた」

しみじみと呟いた田端は、伊沢の死を惜しむかのように、勢いよく湯呑み酒を空けた。

――お奉行様は鬼右衛門の話をしていなかった――

「一時とおっしゃったのは？」

今でも鬼右衛門として名が轟いていれば、田端や松次の口の端《は》に上るはずであった。

――宴席でも、店に来られた時も、鬼右衛門と呼ばれた頃とはほど遠い雰囲気だった――

季蔵が伊沢に感じたのは、無用なまでの温厚さだった。

「十五年前のことだ。大がかりな抜け荷が見つかって、成り上がりの材木問屋、木曽屋《きそや》の主助左衛門《すけざえもん》が首を括《くく》って死んだ。この頃の木曽屋ときたら、大火事があってすぐのことだから、飛ぶ鳥も落とす勢いでね、面白いように、儲《もう》かって、儲かって、笑いが止まらなかったろう。勢い余って、長崎にまで足を伸ばして、廻船《かいせん》や唐物《からもの》なんぞにまで手を広げたのさ。そして、欲が欲を生んでの抜け荷三昧《ざんまい》。これを鬼右衛門の伊沢様が取り締まろうとして、調べを続けていたところ、何遍も脅しの文が届いた後、とうとう、奥様やお子たちがあんな目に遭わされた。酷《ひで》え話だ」

――敵に先手を取られたのだ――

季蔵はわがことのように身体が震えた。

「それでも、伊沢様は突き進んで、とうとう、抜け荷の動かぬ証を見つけたのさ。何でも、南蛮渡来の品が木曽屋の蔵に、どっさり、詰め込まれてるってえ文が、番屋と奉行所の両方に届いたんだ。急ぎ、駆けつけた時には、もう、木曽屋は鴨居《かもい》にぶらさがってた。死んで罪を償うから、どうか、子ども二人の命だけは助けてほしいってえ、親心が書かれた紙に、独楽と南蛮の紐《ひも》が添えられてたそうだ。身体の弱かったお内儀は、下の子を産み落としてすぐに死んでたんだが、木曽屋は後添いも貰わず、男手一つで子らを育ててた。文と一緒にあった、南蛮の紐ってえのは、えらく、細工が細かくて綺麗な髪紐だそうだ。抜け荷なんてえ、どえらい罪を犯した上、伊沢様のご家族を手にかけた奴でも、自分の子どもは、えらく、可愛かったんだろうよ」

松次はちっと舌打ちをしてため息をついた。

七

「それほどの子煩悩《こぼんのう》な人が、他人の子とはいえ、子どもを手にかけるものでしょうか？」

季蔵は咄嗟《とっさ》に思ったことを口にしていた。

「たしかに、男ってえのは、女には幾らでも薄情にできるが、子ども好きとなると、そこらの腕白坊主にも、情は捨てられねえもんだって話はよく聞くな。ただし、木曽屋は人を雇って、伊沢様の御家族を殺《あや》めさせたんだ。直に手を下したわけじゃねえし、元はといえば、自分と家族を守るためさ。さほど心は痛まなかったんじゃねえかな」

「伊沢様の御家族を殺めた者はお縄になったのですか？」

「怪しいと伊沢様が目星をつけていたごろつきの一人が、木曽屋が自害して、すぐ、名乗り出てきた。十日と経たずに死罪になった。名はまむしの源八。名前に似ねえ、柔《やわ》な面構えの男だったのを覚えてる」

「それでこの一件は幕引きに？」

「ああ、そうだ」

松次は空になった湯呑みをじっと睨んだ。

――長崎絡みの抜け荷は、何人もの仲間が手を結んでこそ、行うことのできる大罪だ。成り上がりの材木問屋一人で仕切れるものとは、到底思えない――

季蔵の主家では、先代主が長崎奉行を務めたことがあり、抜け荷についても、おおよその段取りの想像がつく。

「俺は、地獄耳では、お奉行様にも引けを取らぬと言われている、あの米田《よねだ》様から、この一件について話を聞いたことがある」

珍しく、田端が積極的に話に加わった。

奉行の烏谷の身丈を縮めたような風体の米田彦兵衛《ひこべえ》は、北町奉行所の筆頭与力のお役目にある。

「南町では、まむしの源八が、名乗り出れば死罪だとわかっていて、縛についた理由を不審に思っていたそうだ。伊沢様もその一人だったという。木曽屋が自害した後は、死人に口なし、伊沢様の御家族殺しの頼み人が本当に木曽屋であったかどうかは、天のみぞ知るだ」

——木曽屋だけではなく、まむしの源八にも、調べで、自分たちのことまで、白状されては困ると思った者たちがいるのだ。木曽屋と源八は、一身に罪を背負わされて口封じされた——

なるほどと思い、季蔵は向けられていた田端の目に頷いて、

「伊沢様はこの一件が片付いてからというもの、鬼右衛門ではなくなってしまったようだ。これまた、米田様から聞いた話ではあるが、口さがない連中は、伊沢様は年齢《とし》ということもあって、可もなく、不可もなくの守りに入ってしまったのだろうと噂していたという」

話を結んだ。

この日、烏谷は五ツ（午後八時頃）近くに、これから、訪れる旨を使者に伝えさせ、夜更けて、

「冷えるのう、秋の寒さは慣れぬゆえ、身に染みる」

ぶつぶつと呟きながら、戸口から入ってきた。すでに暖簾《のれん》は仕舞われ、掛け行灯《あんどん》の火も落とされ、片付けも終わり、三吉は家に帰って、おき玖は二階で休んでいた。

「離れに用意はできております」

季蔵はしきりに袖口を引っ張り上げている烏谷を、離れへと案内した。

「伊沢のことで、吉川様に呼び出されてな。昼過ぎからずっと今まで膝を詰めておって疲れた。律《りつ》というあの奥方のもてなしは、気取りが過ぎて気骨が折れて敵《かな》わぬ」

「それでは、今夜は、御所望の蓮美人尽くしの中でも、お奉行様が最も好まれる品をお出しいたします」

季蔵は火を熾《おこ》した七輪に油の入った深鍋をかけ、蓮の海老挟み揚げと蓮煎餅を作り始めた。

蓮を程よい輪切りにして酢水に晒しておく。叩いた海老には、葱《ねぎ》の微塵《みじん》切り、卵白、酒、塩、片栗粉を加えて、粘りを出し、輪切りの蓮二枚の間に挟む。

揚げ衣は、塩を溶いた冷水に、小麦粉を少しずつ入れ、最後に白い炒《い》り胡麻を加えると、だまになりにくい。

海老を挟んだ蓮を揚げ衣にさっと潜《くぐ》らせて、からりと黄金色に揚げ、搾った酢橘《すだち》を振りかけて供する。

「海老は大好物ゆえ言うに及ばぬが、炒り胡麻入りの衣が香ばしく、酢橘とは得も言われぬ相性じゃ。こうして、揚げたてを食わせてくれると、極楽にいる気分だ」

烏谷は揚げたそばから、次々と平らげていった。

「海老と酢橘が無くなりました」

「わしはまだ、食えるぞ」

「それでは――」

季蔵は蓮煎餅に取りかかった。

すでに薄切りの蓮が酢水に浸されて後、目笊《めざる》の上に広げられ、水切りされている。

これを新しくした揚げ油で、揚げていく。薄いので、黄金色になる前の狐色で油から上げないと、焦げついてしまう。

揚げたてに、赤穂《あこう》の塩をぱらぱらと振りかけて仕上げる。

「これは酒が進むな」

満足げに呟いた烏谷の目に霞《かすみ》がかかった。

――しかし、くつろぐためにだけ、ここへ足を運ぶ御仁ではない――

「吉川様とのお話は、いかがなものだったのでしょう？」

季蔵は訊いてみた。

「まずは、真実を秘して、ことを穏便に済ませたわしへのねぎらいだ。伊沢の死は表向き、病苦の自死とした。こんな時でもないと、北が南に恩など売ることはできぬが、貸しを作るのは得策じゃ、今後のためになる」

これで、口とは裏腹に、烏谷の機嫌が、そう悪くないどころか、やや興奮気味である理《わ》由《け》がわかった。

――旧友が不慮の死を遂げたというのに――

季蔵は呆れたが、

──政《まつりごと》に関わる者には、おそらく、この手の切り替えの早さも必要なのだろう──

「吉川様は人柄や学識、入り婿となった吉川家の格式の高さといい、非の打ち所のないお人だが、大きな欠点は世間慣れしておらぬことだ。今までは、古株で皆に信任の厚い、伊沢真右衛門一人に任せておけば、南町の与力、同心が束ねられたが、伊沢不在のこれからはそうもいかぬ。一番、苦慮しておられたのは、伊沢の後釜《あとがま》に据える者のことだ。奉行所の人事は年功序列ではあるが、誰もが筆頭与力になれるとは限らぬ。伊沢の下には、年齢の近い者たちが何人もいるのだそうだ」

「その方々は、どなたも出世を望まれるはずです」

「最後は家柄や、今までの手柄や人となりで決めるのだが、これまた、どんぐりの背競べ。おまけに、それぞれに派閥がある。誰に決めても、内紛めいたものが沸き上がって、士気が衰えるだけではなく、奉行への不信につながりかねない。これを吉川様は何より、恐れておられる。人心を摑《つか》めぬ奉行に、次なる出世の道はないのだから。世間知らずなのに、ここまでわかっているのは、馬鹿ではない証だ」

烏谷は、わははと、いとも、愉快そうに笑った。

「それで、お奉行様はどのような助言をなさったのです?」

「まだ、助言はしておらぬ。少し、考えてお話しすると申し上げた。一つ、そちに確かめておきたいこともあってな」

烏谷の目から笑いが消えた。

——これだな——

「何でございましょうか？」

「秋の七草の会の後、大前屋の一件が起き、南と北は力を貸し合うこととなった。田端から、この店を、南との談義の場にしたと聞いている。島村蔵之進は訪れていたはずだがな——」

烏谷はやや咎《とが》める口調になった。

——たしかに、その都度、申し上げてはいなかったが——

「何度かおいでにはなりましたが——」

季蔵は困惑気味に、田端たちの訪れとは、わざと、時を外してやってくる島村が、焼き柿や蓮焼き等の料理に舌鼓《したつづみ》を打っていた話をした。

「すると、島村は食い道楽なだけで、能なしというわけだな」

季蔵の頭に、東徳寺の墓所で、土佐屋の骸が手にしていた柿の赤さが蘇《よみがえ》った。裏庭に江戸柿が実っているのを知っていると、別れ際に言い切った島村の言葉も、なぜか、同時に思い出される。

——島村様は調べておられただけではなく、何かをご存じだ——

「どうしたのだ？」

烏谷は鋭かった。

「料理をお出しして、美味しく召し上がっていただいたお方を、食い道楽の能なしと決めつけるのは、あまりなおっしゃりようなので――」

季蔵は目を伏せた。

――三の橋北側で拾った独楽とこの柿の話は、まだ、わたし一人の胸にしまっておこう

――

第四話　牡蠣《かき》三昧

一

「そちは、わしが吉川《よしかわ》様へどのように助言すると思うておる？」

自分を見据える烏谷《からすだに》の視線を感じて、季蔵《としぞう》は顔を上げて、

「そのような大事は、わたしごときが詮索《せんさく》する筋ではございません」

当惑した表情を見せた。

「わしは島村蔵之進《しまむらくらのしん》に伊沢《いざわ》家を継がせてはいかがかと、吉川様に申し上げるつもりでいる。そもそも、島村家は伊沢真右衛門《しんえもん》の妻女の実家《さと》ゆえ、血縁ではないが、真右衛門と蔵之進は縁戚。代々の筆頭与力の家柄を絶やすのは何とも惜しい。島村の家の方は、蔵之進よりもさらに遠い縁を辿《たど》ったところ、ふさわしい部屋住みが見つかった。そやつに継がせれば、島村家も安泰《あんたい》だ。これで、四方八方丸くおさまって、草葉の陰の真右衛門も安堵《あんど》するだろう」

――家柄重視の吉川様や奥方様は得心がいく話だろうが――

「まさか、島村様を伊沢様のお役目に据えようというお考えでは？」

季蔵は知らずと眉《まゆ》を寄せた。

――年齢《とし》からして無謀すぎる――

「いや、島村は同心から一与力になるだけのことだ。昼行灯《あんどん》のような島村を伊沢蔵之進とするのは、吉川様が、筆頭与力に任じる者へと向く、周囲の嫉《ねた》みを削《そ》ぐためだ。これは一時の人事で、いずれは、能なしではあるが、家柄ゆえに、蔵之進に蹴落《けお》とされるかもしれないとなれば、他のどんぐりたちも妬《ねた》まず、逆に力を貸して盛り上げ、南町はまとまる。南町の団結が強く、市中の護《まも》りに貢献すれば、自然と吉川様の御名は上がる」

「島村様は捨て駒というわけですね」

季蔵は料理を口に運ぶ時に限って、無邪気この上ない顔をする島村を思い出していた。

「人にはそれぞれ、生きている意味と運命がある。これという取り柄のない島村にも、相応の役目があったというだけのことだ」

烏谷はすぱっと断じて、

「早く上げぬと、蓮煎餅《はすせんべい》が焦げつくぞ」

季蔵を叱《しか》りつけた。

この年は寒さが早かった。

「雪も早いんじゃないかしら」

井戸端から水を汲《く》んできたお玖《く》が、胸の辺りで、両手の拳《こぶし》を握りしめ、小刻みに振っている。

塩梅屋《あんばいや》に履物屋桐屋《きりや》の小僧が訪ねてきて、隠居喜平《きへい》の頼み事を伝えていったのは昨日のことであった。

「ご隠居が今年は、いつもより、早く、牡蠣《かき》を食べたいからよろしくと、伝えてほしいそうです」

塩梅屋の常連の一人である喜平は、先代からの長いつきあいで、喧嘩《けんか》友達である大工の辰吉《たつきち》を伴って訪れる。

「たしかに、牡蠣の土手鍋《どてなべ》がなつかしく感じられますね」

季蔵はいつもの年より、一月《ひとつき》ほど早く、牡蠣を店の品書きに加えることにした。

喜平たちの牡蠣食いは、土手鍋と酢牡蠣から始まる。

数寄屋町《すきやまち》の履物屋桐屋にまで、使いを出したこの夜、

「邪魔するよ」

喜色満面の喜平が辰吉と共に訪れた。

「一足早く、牡蠣が食えるなんて、十歳ほども若返ったようだ。美味《うま》いだけじゃなく、精がつくという牡蠣は、まさに、いい女そのものさ」

はしゃぐ喜平に、

「うれしすぎて、往生しねえようにな。俺はご隠居の骸《むくろ》を、家まで運んでやったりはしね

えからな」

辰吉が水を差した。

「それでは、今日はこちらへ」

季蔵は二人を小上《こあ》がりへと案内した。

小鍋仕立ての土手鍋が用意されている。

土手鍋の味噌《みそ》の味は、普段、味噌汁等に使っている慣れた味噌に、その半量の八丁味噌（豆と塩だけで作った豆味噌）を混ぜて、合わせ味噌とし、これを、土鍋の内側の縁に塗りつけるのである。

二人が訪れるとわかっていたので、前もって季蔵は塗りつけておいた。火にかける前に、乾いていた方が安定する。

殻から外した牡蠣は、片栗粉をまぶして、優しく揉《も》み混ぜ、流水で洗い、時折、ついていることもある、殻の破片を取り除く。この後、晒《さら》しや紙でよく水気を切り、土鍋に入れる直前に茶こし器等で、片栗粉を薄く振りかける。

土鍋にはすでに、水と昆布《こんぶ》で出汁《だし》が取られている。ここに人参《にんじん》、長葱《ながねぎ》を入れて火が通ったら、豆腐、牡蠣を加える。

牡蠣がぷくっとしてきたら、春菊を入れて、縁の味噌の壁を崩しながら、出汁に溶かして煮込み、好みの味加減で食する。

「江戸っ子は味噌を多少、残した方が粋《いき》なのさ」

喜平は縁の味噌を、慎重に、箸《はし》で出汁に落としながら、

「この土手鍋の謂《い》われを、長次郎《ちょうじろう》さんから聞いたことがあったな」

しみじみと言った。

「なあに、濃い味好きが江戸っ子だよ」

やり返した辰吉は、着々と縁の味噌のあとを消していき、

「土手鍋の謂われは、土鍋の縁に土手みてえに、味噌を塗りつけるからだろうが」

喜平の話を先回りした。

「ところがそれだけじゃねえのさ。なあ？」

喜平に相づちをもとめられた季蔵は、目で頷《うなず》いた。

「長次郎さんが上方《かみがた》から来た旅の人に聞いた話だ。何でも、安芸《あき》（広島県）じゃ、鶏みてえに牡蠣が人手で育てられてて、そいつを上方に舟で運んだ安芸商人たちが、河岸《かし》に舟を止めて、牡蠣やその料理を売った。これが思いのほか、評判を呼んで、上方の人たちは、河岸の土手下で売られる鍋を略して、土手鍋と呼ぶようになったんだそうだ」

――あと、安芸出身の土手吉助、あるいは長吉という商人が考えついたという説も、とっつぁんは話してくれたな――

季蔵がなつかしく話を聞いていると、

「土手鍋といやあ、あの木曽屋《きそや》さんも好きだった。ここで土手鍋を一緒に突《つつ》いたこともある」

喜平は思いがけない人物の名を挙げた。

「あの木曽屋さんというのは、木曽屋助左衛門《すけざえもん》さんですか？」

季蔵は確かめずにはいられなかった。

喜平は頷いて、

「今、市中で木曽屋を名乗る者はいねえはずだ」

味噌が馴染《なじ》んだ土鍋に箸を滑らした。

「木曽屋助左衛門？　聞いたことがあるが思い出せねえ」

辰吉はふうふうと息を吐きかけながら、味噌の染みた牡蠣や豆腐を堪能《たんのう》している。

喜平は季蔵の知っている、木曽屋の一件を手短に話すと、

「そういや、そんな話もあったな。すぐに首を刎《は》ねられた極悪人の名は、たしか、まむし、まむしの源八《げんぱち》!!」

辰吉は膝《ひざ》を叩いた。

「忘れちまうのも無理はないさ。どういうわけか、木曽屋の一件は、あんまり、瓦版屋《かわらばんや》も書き立てなかったから」

喜平は盃を手にした。

「木曽屋さんは、お子さんたちを遺《のこ》されたそうですが、お子さんたちはその後？」

――多少親しかったのなら、喜平さんは何か知っているかもしれない――

「さあ――。どこぞに、引き取られたんじゃないのかな。木曽の親類とか――」

「木曽？　確かですか？」

「迎えにきた親戚を見たって話を聞いたわけじゃなし、当てずっぽうを言っただけだから、真に受けないでくれ。わかってるのは、数えで上が八歳の男の子で、下が五歳の女の子だ。遣《や》り手だった木曽屋さんも、子どもにはでれでれのいい父親だった。惚気《のろけ》も女なら、わしも、面白く聞くが、子どもとなると、そうそうは話に乗れなかったし、その後のことも──」

喜平はやや、後ろめたそうに苦笑した。

土手鍋が各々《おのおの》、〆《しめ》に入った。

喜平は湯を足し、さっと洗った飯を入れ、卵でとじて雑炊《ぞうすい》で楽しむ。

辰吉の方は、この時のために、残しておいた牡蠣三粒を、煮詰まった鍋汁で、さっと煮て火を通し、椀に盛った炊きたての飯にかけると、息をもつかぬ早さでかきこむ。

「うちの〆はこれです」

季蔵は、作り立ての酢牡蠣が入った小鉢を二人の前に置いた。

長次郎直伝の酢牡蠣には、酢ではなく、柚《ゆず》が使われる。

牡蠣は殻から外して軽く洗って水切りしておく。柚の搾り汁と醤油《しょうゆ》を混ぜ、合わせ酢を作る。

供する直前に、牡蠣と合わせ酢を混ぜて、刻んだ柚の皮を添える。

「いい匂《にお》いだ」

「これで食べ過ぎた腹の具合がよくなった」

二人は満ち足りて帰って行き、季蔵は、木曽屋が遺した子どもたちのことが、さらに気にかかった。

松次《まつじ》を訪ねて、子どもたちの行方を訊《き》いてみたが、

「さて、どこへ行ったのかねえ」

相手は首を横に振るばかりであった。

二

美味で滋養のある牡蠣は、晩秋から初冬にかけての風物詩であり、江戸っ子たちの大好物である。

塩梅屋で牡蠣料理が品書きに載ったことがわかると、日々、人づてに聞いた客たちが、酢牡蠣と土手鍋目当てに訪れた。

そんなある日、その不可解な言動が季蔵の心の襞《ひだ》に引っかかっていた島村蔵之進が文を寄こしてきた。

今朝、お涼《りょう》なる女より、養父伊沢真右衛門の供養にと牡蠣が届けられた。通夜、葬儀の折は世話になったが、これもまた、供養と心得て、この牡蠣を料理し、亡き養父の仏前に供えてほしい。よろしく頼む。

なお、養父は酒が好きであったゆえ、肴《さかな》になる牡蠣料理が望ましい。

塩梅屋殿

伊沢蔵之進

――島村様は伊沢家を継がれたのだな。計らいの裏にある、政《まつりごと》の真意を知ってか知らぬかは、わからぬが――

「島村様、いや、伊沢蔵之進様に牡蠣料理を頼まれました」

季蔵はおき玖にこの文を見せた。

「牡蠣を亡き伊沢様の御供養にするのは、何よりだけれど、相変わらずの図々しさね」

おき玖はそこに蔵之進が立っているかのように、壁を一睨《ひとにら》みすると、

「お涼さん、牡蠣を伊沢様の供養に――。やっぱり、そうだったんだわね」

ふと洩《も》らした。

――たしかに――

季蔵も同じことを想《おも》ったが、あえて、口にはせずに、

「急ぎ、肴になる牡蠣料理を考えませんと」

三吉《さんきち》を呼んで、紙と筆、硯《すずり》を持って来させた。

牡蠣焼き七種

牡蠣の磯《いそ》焼き
醤油焼き
味噌焼き
塩焼き
照り焼き
湊《みなと》焼き
磯舟焼き

「全部、焼き物でいくのね」

「牡蠣料理は鮮度が命なので、あまり、凝らず、酒が進むよう、風味よく、料理したいと思うのです」

「これなら、煮炊きに不慣れな男の人にでも簡単にできそう。襷《たすき》をかけて、七輪に火を熾《おこ》している、伊沢様の姿が目に浮かんできそうよ。きっと、いい供養になることでしょう」

支度を済ませた季蔵は、おき玖に送られて八丁堀へと向かった。

「塩梅屋でございます」

式台で声を張ると、

「よく来てくれた」

出迎えた蔵之進が目を細めて、

ついた」

「牡蠣は大好物だが、殻が難題で、どうしたものかと思案した挙げ句、おまえさんを思い

厨《くりや》へと季蔵を誘《いざな》った。

「これは見事な牡蠣でございますね」

季蔵は仏壇から提げられてきた、牡蠣籠《かご》に目を瞠《みは》った。磯の匂いがかぐわしい、採れ立て、大粒の牡蠣が籠いっぱいに詰められている。

――よほど、うるさく注文をつけてもとめたのだろう――

お涼の並々ならぬ想いが伝わってくる。

「早速、料理を――」

「まずは磯焼きよりまいりましょう」

まずは炭火で七輪に火を熾して、酢橘《すだち》を搾っておく。丸網をかけ、殻つきの牡蠣をのせて焼き上げる。

「それは何か？」

蔵之進が目を丸くした。

牡蠣の殻が少し開きかけたところで、季蔵が、両掌をすっぽりと覆い、五本の指まで動かせる、布製の手覆い（手袋）のようなものをはめたからである。

「殻つきの牡蠣焼きには、なくてはならぬものでございます」

この手覆い（手袋）は長次郎が発案した優《すぐ》れものであった。

「元を正せば、泉岳寺に納められている、赤穂《あこう》浪士の遺品の一つに、よく似たものがあり、先代は、泉岳寺参りをした時、焼き網の上で、蛤《はまぐり》や浅蜊《あさり》のようには、気持ちよく、殻を開けてくれない、この牡蠣焼きのことばかり、考えていたのだそうです。こうしないと、今一つ、火の通りが悪くて、生臭さの残る半生に仕上がってしまうので――」

季蔵は殻の間に手覆いの指を差し入れて、隙間を広げた。

「これで大丈夫です」

焼き上がった牡蠣は、蓋殻《ふたがら》が取られ、酢橘がかけられる。

蔵之進は焼きたての磯焼きを味わった。

「なるほど、屋台で売られている牡蠣焼きは、今一つだと思うていたが、半生だったのだと今、わかった」

季蔵は醬油焼き、味噌焼きと続けた。

醬油焼きは網の上で牡蠣が開きかけたら、蓋殻を取り、牡蠣肉の周りに醬油をたらして供する。殻についた醬油の焦げる匂いが立ちこめた。

「何ともよい匂い、風味だ」

味わった蔵之進はうっとりと呟《つぶや》いて、

「磯焼きほどは焼いておらず、半生のはずだが？」

首をかしげた。

「醬油の焦げる強い風味が生臭さを消すのです」

応えた季蔵は味噌焼きに入る。

白味噌に味醂《みりん》、砂糖、出汁を加えて熱し、練り味噌を作る。

牡蠣の殻を開け、剝《む》き身にして塩水で洗い、水気を切って、身殻におさめ、適量、練り味噌をかけて、丸網に並べて焼く。

牡蠣に火の通ったところで、おろし生姜《しょうが》を味噌の上にふりかけて供する。

蔵之進は黙々と箸《はし》を動かした。

「お気に召しませんでしたか？」

「いや、なに、ちょっと。雛《ひな》の節供の折、蛤をこのようにして、食べたことを思い出したものだから――」

「それでは、お姉様か、妹様がおいでだったのですね」

「まあな」

蔵之進は口をつぐんだ。

季蔵は塩焼き、照り焼き、湊焼き、磯舟焼きの支度を始めた。

これらの牡蠣料理は、殻つきではなく、剝き身で作られる。

塩焼きには鉄鍋が使われる。

鍋底に塩を振り、火にかけて、塩が焼けたら、剝き身の牡蠣を入れて焼く。

「焼き加減はいかがなさいます？」

「生臭さのない半生とはいかぬものか？」

「醤油ほどは臭みは消せませんが、剝き身ですので、ほどよく焼けば、半生のまま、塩と相俟《あいま》った、独特の食味となります」

続いて、季蔵は、照り焼き、湊焼き、磯舟焼きと仕上げていった。

照り焼きは味醂と醤油で作る、照り醤油が決め手である。

牡蠣の剝き身を焼き網の上に載せて焼き、照り醤油を二、三回ぬって仕上げる。

湊焼きは、牡蠣の剝き身を醤油と酒にしばし漬け込んでおき、あぶった海苔《のり》のもみ海苔と、柚の千切りを準備しておく。

下味のついた牡蠣の剝き身を、三個ずつ、金串に刺し、焼き網に載せ、強火で少し焦げ目がつく程度に表裏を焼く。

俎板《まないた》の上において串をはずし、器に盛って、もみ海苔をふりかけ、柚を散らす。

磯舟焼きでは、出汁昆布でつくる舟型に趣きがある。

牡蠣の剝き身を洗い、水気を切り、昆布舟の中に入れて、塩、醤油、酒を注ぎ、このまま焼き網に載せて火にかける。

牡蠣が煮えたら、青のり少々を振り、小指の半分ほどの長さに切ったあさつきを添える。

酢橘の輪切りを載せて、熱いうちに供する。

磯舟焼きまで食べ終えた蔵之進は、

「牡蠣は野趣豊かな殻つきもよいが、剝き身料理の繊細な味や工夫も捨て難い。中でも、それがしは、塩焼きが好きだ。半生で臭みがないのが何よりだ。何といっても、ぷりんとした噛み心地と飾らない旨味がたまらない」

ため息まじりに洩らして、

「真右衛門様の仏前には、どれを供えさせていただいたら、よろしいでしょうか？」

季蔵が訊くと、

「何にでも醬油をかけるのがお好きだったので、醬油焼きや照り焼きを喜ばれるだろうが、三途《さんず》の川で舟に乗りそこなわぬよう、やはり、磯舟焼きがよかろう」

と応えた。

季蔵が早速、磯舟焼きを仕上げると、仏間に向かった蔵之進は、真右衛門の位牌《いはい》が納められている仏壇に供えた。

「まだ、牡蠣は残っている。火の熾きていない七輪がもう一台あるゆえ、塩焼きや醬油、照り焼き等にして、ここで、おまえさんと、一献《いっこん》傾けるも供養と思う」

蔵之進の指図で、季蔵は七輪を仏間に運んで火を熾し始めた。

三

七輪には鉄鍋がかけられ、牡蠣の剝き身と塩が用意されて、蔵之進の好物の塩焼きの準備が調えられている。

「まず、一献」

勧められた季蔵が、

「昼酒は――」

躊躇《ちゅうちょ》していると、

「供養だ」

「申し忘れました。蔵之進様、伊沢家御相続の儀、おめでとうございます」

蔵之進に押し切られ、盃を空け、

畳に手をついて辞儀をした。

「そうだ、そうだ。おまえさんへの文にも書いたな。たしかにめでたい。奉行所の人事は五里霧中。瓢箪《ひょうたん》から駒で、伊沢の家さえ継いでいれば、俺がそのうちひょいと筆頭与力に推されるやもしれぬからな」

蔵之進は、言葉とは裏腹に醒《さ》めた笑顔で応えて、

「それではもう一献。こちらは俺の伊沢家相続の祝いだ」

「ありがとうございます」

これも飲み干して、季蔵は料理に取りかかった。

すぐに鍋の塩は熱く焼けてきている。

鍋底に牡蠣の剝き身を載せると、じゅっと水気が飛ぶ音が弾《はじ》ける。磯の匂いが立ちこめる。

蔵之進はたちまち、六粒載った一皿を平らげると、

「おまえさんも箸を付けろよ」

勧めはしたが、

「まことに申しわけございませんが、料理人たるもの、いかなる理由があろうとも、料理の途中で飲酒してはならぬと、先代から教えられました」

季蔵が目を伏せると、

「ならば、仕方ない」

無理強いはせずに、二皿目に取りかかって、

「ここまで美味いのは、この牡蠣が絶品ゆえだな」

しみじみと呟き、

「南茅場《かやば》町のお涼という女から、届けられてきた牡蠣だ。南茅場町のお涼といえば、若い頃、蓮美人と謳われた芸者で、今は北町奉行烏谷椋十郎《りょうじゅうろう》様のおそばにいる者ではないか？」

ふふっと笑った。

――蔵之進様はお奉行様とお涼さんの関わりを知っている――

驚いて顔を上げた季蔵に、

「今まで、俺は定町廻り同心を務めてきた。人の身辺に通じていても不思議はなかろう」

蔵之進は食い入るような強い目を向けた。

――東徳寺へ立ち寄ったと告げ、さらに、土佐屋が手にしていた江戸柿が、寺の裏に実っているのを知っている、と言い放った時と同じ目だ――

「お涼という女、養父によほどの想いがあったように思う。おまえさん、事情を知らぬか？　俺は養父の色模様を知りたくなった。何しろ、暇を持て余している」

――お奉行様とお涼さんの間柄を知っているとなると、瑠璃《るり》のことも調べて知っているかもしれないが――

季蔵は話を変えた。

「見覚えはございませんか」

季蔵はそのつもりで持参してきた、真右衛門の骸近くに転がっていた独楽《こま》を取り出して、畳の上に置いた。

「ふむ、独楽か」

蔵之進が目を細めた。

――このお人が目を細めると、何を思い、考えているのか、皆目、見当がつかなくなる――


「なにゆえ独楽なのだ？」

蔵之進は首をかしげる。

「ならば、こういたしましょう」

季蔵は仏壇の前に座って、牡蠣の磯舟焼きの隣りに供えた。

「ほう、亡き養父の持ち物だったと申すのか？」

「御遺骸《ごいがい》の近くにありました」

「となると、新川の三の橋あたりで死んでいた養父の骸を見つけたのはおまえさんなのだな」

「はい」

「彼岸花の根を掘りに行った医者だと聞いていたが――」

蔵之進の目が一瞬見開かれた。

――断じて、お奉行様の名は出せない――

「あのあたりには、毎年、この時季になって、やっと椎茸《しいたけ》が生えてくる椎木《しいのき》林がございますので、それが目当てで、わたくしも偶然、通りかかったのです」

季蔵はするりと逃れて、

「御遺骸の近くにあった独楽ですので、もしや、蔵之進様のものではないかと――」

相手をじっと見据えた。

「どうして、俺のものと思うのか？」

蔵之進は頬杖《ほおづえ》をついた。

「真右衛門様が無残に殺された奥様やお子様の代わりに、遠縁のあなた様の世話をなされ、奥様のお実家《さと》の島村家を継ぐようになさったと聞き及びましたので――」

「俺は見たことなどない。たしかに、養父とはここで一時、暮らしはしたが、厳しく、四書五経を叩き込まれ、剣術を習った。それだけのことだ。家での養父は滅多に笑わぬ人で、残念ながら、親しみを感じはしなかった。養父の身内に起きた惨事は承知している。おそらくその独楽は養父の血を分けた男の子のものであろう。養父は歳月を経ても、癒えぬ悲しみを抱いたまま、我が子の形見の品を肌身離さずにいたのだと思う」

蔵之進は目を瞬かせた。

――本心なのか――

季蔵は半ば疑いつつ訊いてみた。

「真右衛門様のお子様は男の子ばかりで？」

「はて、どうだったか――」

立ち上がった蔵之進は仏壇の位牌を確かめて、

「男の子ばかり三人のようだ」

と告げた。

――だとすると――

「真右衛門様の御家族を皆殺しにせよと、まむしの源八に命じた木曽屋にも、年端《としは》もいかない子どもがいたのをご存じですか？」

季蔵は再び、相手を見据えたが、

「知らぬな」

蔵之進は楊枝《ようじ》を遣い始めた。

「俺は養父から、じかに、その一件に関わる話を聞いたことなど一度もない。家族の惨事や、木曽屋が起こした抜け荷の大罪についても、人づてに、ぽつぽつと耳にしただけだ」

「内儀に先立たれて独り身だった木曽屋助左衛門は、八歳の男の子と五歳の女の子を置いて自害したそうです。子どもを案じる書き置きには、独楽と南蛮の髪飾りが添えられていたとのことでした。あの時、真右衛門様は、木曽屋捕縛の指揮を執っていたはずで、当然、いの一番に、木曽屋の骸を目になさっていたはず」

「まさか、おまえさんは、仏壇の独楽がそれだというのではなかろうな」

蔵之進は独楽に向けて目を見開いた。

「玩具《おもちゃ》とはいえ独楽は、刀同様、貸し借りはせず、各々で持つものです。独楽が真右衛門様の亡き子どもたちの形見の品であったならば、一つではなく、三人分、三つあるべきです」

「三つの独楽を持ち歩いては重すぎる。日に一つと決めていたのかもしれぬではないか？」

「ならば、真右衛門様の遺品の中に残っておりましょう？　探させていただけませんか？」

季蔵は知らずと、蔵之進を真似《まね》てうっすらと微笑《ほほえ》んだ。

「いや、それには及ばぬ。独楽など養父の遺品にはない」

珍しく相手は力んで言い切った。

「布に綺麗《きれい》な縫い取りがされた、紐《ひも》のようなものだという、南蛮の髪飾りは？」

「そのような物も見当たらなかった」

――あっていいはずなのだが――

季蔵は不審な表情を隠さなかった。

気がついた蔵之進は、

「おまえさんの言う通りだとして、養父は木曽屋の忘れ形見の持ち物を、いったい、何のために、常日頃から、持ち歩いていたというのか?」

詰問口調になった。

「まだ、わかりません」

牡蠣は残り少なくなり、季蔵は亡き真右衛門のために、照り焼きを仕上げようと、厨に醤油差しを取りに行った。


この日、塩梅屋に戻ると、品のいい牡蠣が仕入れられていて、季蔵は牡蠣の田楽《でんがく》を品書きに加えた。

牡蠣の田楽には剝き身が使われる。

剝き身は洗って、水気を取り、串に刺しておく。

田楽味噌は二種類で、砂糖、味醂、出汁に、各々、赤味噌、白味噌を加え、小鍋で練り上げて作る。仕上げに卵の黄身を欠かさないのが長次郎流であった。

串刺しの剝き身を七輪の焼き網で素焼きにして、二種の合わせ味噌を塗り、少し炙《あぶ》って供する。

「何て香ばしい。黄身のおかげで合わせ味噌にもこくがあるし」

おき玖はうっとりと夢心地で、

「牡蠣ってさ、美味すぎて、するするといくらでも食えちゃうのが味噌でしょ。でも、この味噌なら、一串、二串でも、食った気がするからいいや」

三吉は朗《ほが》らかに駄洒落《だじゃれ》を飛ばした。

四

前夜、ひゅーっと寒風が吹き荒れていたのが、明け方から雨に変わり、そのざざーっという音で季蔵は目を醒ました。

油障子を叩く音が雨音に掻《か》き消されかけていた。

「ご免、ご免」

——その声は——

布団から起き上がって、戸を開けると、

「早くからすまぬな」

何日か前に会ったばかりの伊沢蔵之進が、形ばかり、傘を手にしているというものの、全身濡《ぬ》れ鼠《ねずみ》になって立っていた。

「何事でございます?」

——わたしの住まいも知られているのだな——

「お役目につき、至急、見極めてほしいものがある」

蔵之進は有無を言わせぬ、厳しい顔で言い放った。

――これはまた、見たこともない御様子だ――

「わかりました」

――月が替わっているので、今は南町が市中を見廻っているのだ。いったい、何が起きたのか？　それに、廻り方の同心も連れずお一人とは――

「行くぞ、よいな」

蔵之進は季蔵が身支度を調えるのを待って、豪雨の中を歩き出した。

番屋の土間に横たわっている、若い女の身体は、雨に濡れたからではなく、すでに冷たくなっていた。

黒地に濃桃色の牡丹《ぼたん》の絵柄の模様は、何とも艶《あで》やかだったが、白粉焼《おしろい》けした肌の木目は荒く、左目の下にある、大きな泣き黒子《ぼくろ》が何とも哀《かな》しげに見える。

首に付いている、絞め殺された赤い指の痕《あと》が生々しい。

「この女は、高砂町《たかさご》の空き家でこのような姿になり果てているのを見つけられた。空き家はあの土佐屋の持ち物だったが、主《あるじ》夫婦が亡くなり、奉公人たちも散り散りとなり、跡を継ぎたいと名乗りでる者もなかったので、大前屋が買い取った。雨漏りを案じた手代に命じられて見に来た、大前屋の小僧が腰を抜かして、番屋まで報せてきて、俺の耳に入った」

そう言うと、

「気がついたことを言ってみよ」

蔵之進は季蔵を促した。

「何か握りしめております」

季蔵は拳の形に握られている右手を開かせた。

「紐だな、だが──」

殺された女が固く握りしめていた紐は、組紐などと異なって、幅広で平たく、百合や芥子《けし》、菫《すみれ》、忘れ名草等、さまざまな色、形の花が、左右上下に刺繍《ししゅう》されて、連なっている。

「南蛮渡りの紐の髪飾りと見た」

蔵之進の言葉に季蔵は頷いて、

「独楽同様、真右衛門様がお持ちの品であったのではないかと思います」

「この女は木曽屋の忘れ形見だと言うのか？」

「そうだとしても、おかしくはありません」

「ならば、養父があのような死に方をした理由《わけ》もわからないではないな。養父は会いたいと名乗り出てきた、木曽屋の遺児であるこの女に、形見の品を返しに行って殺されたのだ。何が起きても構わないとまで、考えていたのかもしれない。だから、約束の場所に、帯刀して行かなかった。妻子を殺されて後、悲しみを引き摺《ず》り続けた養父は、お上に追い込まれて父親が自害した、木曽屋の娘の気持ちが痛いほどわかっていたのだろう。そこで、せめて、罪から逃してやろうと、深傷《ふかで》を負った養父は、脇差しを握りしめて、自害を装ったに相違ない」

「紐が引き千切れています」

季蔵は、ぎざぎざとはみ出している、糸や布の繊維を指さした。

「この女は、南蛮紐を奪おうとした奴に殺されたというのだな」

「真右衛門様こそ、憎き父親の仇《かたき》だと木曽屋の娘に言い含めて、殺させ、後は、口を封じがてら、真右衛門様より、取り返した南蛮紐を奪おうとしたのです」

「この者を操っていた黒幕がいるというのか？」

「はい」

季蔵はまっすぐに相手の目を見て、

「この南蛮紐には相応の意味があるはずです」

次には再び、その紐に目を凝らした。

「先ほどは気のせいかと思いましたが、どれも同じなので間違いありません。縫い取りされている花の模様は十文字です」

「そんな――」

蔵之進は季蔵の手から奪い取った南蛮紐に目を光らせた。

「そう言われてみれば、たしかに切支丹《キリシタン》の証に見える」

キリスト教は禁教であり、見つかれば、重い罪に処せられた。

「俄《にわか》切支丹にすぎません。両奉行所内で囁《ささや》かれてきた通り、十五年前、抜け荷に関わったのは、木曽屋さん一人ではなく、何人もが手を染めていたのです。互いに裏切ったりしないよう、禁教の証である、この南蛮紐を持ち合うことにしたのではないでしょうか？」

「養父ほどの人が、これに気づかぬはずがない」

「とっくに気づかれていたはずです。けれども、木曽屋さんを生け贄《にえ》にした、俄切支丹の悪党たちの集まりが持つ力は、あまりにも大きく、よほどのきっかけがなければ、立ち向かうことなど、できはしなかったのではないかと思います」

「そのきっかけができたというのか？」

「それゆえ、真右衛門様を葬ったのです」

「きっかけというのは、もしや、土佐屋の一件では？　大店《おおだな》の主が大罪を犯し、自害して果てたと見なされたのは、まさに、木曽屋の時と似た決着だ」

　季蔵は頷いて、

「敵は今回の一件から、真右衛門様が十五年前の真相を暴き、自身の罪が明るみに出るのを恐れたのです」

「してみると、黒幕を炙り出す手掛かりは、すべて、この目の前の骸にあるな。やはり、思った通りだ」

　蔵之進の目がぎらりと鋭く光った。

　――思った通り？　このお方は今、ここでわたしが話したことを、実は前もって、八割方、承知していたのではないのか？――

一瞬、季蔵は話したことを悔いた。

――お奉行様にもまだ、報せていない大胆な考えを、腹の読めぬ相手に伝えてしまった
――

「おまえさんの炯眼《けいがん》には助けられる。優れているのは料理の腕だけではないのだな」

細められて不可解になった蔵之進の目から、顔をそむけて、

「下手人は大きな手の持ち主ではありませんね」

季蔵は首に付いている指の痕を見つめた。

三日が過ぎて、夜、店から長屋に帰り着いた季蔵は、投げ込まれた、蔵之進からの文を見つけた。

以下のように書かれていた。


泣き黒子のある、あの女の顔を紙に写し、東徳寺の墓所で、土佐屋が着ていた紋付きを売った、柳原の古着屋に見せたところ、ハレの席で亭主になる男に着せるのだと、もとめて行った貧しげな若い女に間違いないと言い切った。

なお、殺された時、女が着ていた着物は古着ではなく、新品であることがわかったものの、呉服屋の名は特定できていない。

女の身元もまだ、わからず終《じま》いだ。

はて、どうしたものか――。

助言を乞う――。　　　　　　　　　　　　蔵之進

――あなたは昼行灯などではない。そのように見せて、周囲を謀《たばか》っているだけだ。助言など、わざわざ、わたしに乞わずとも、すでに、あなたは承知しているはず――

季蔵はそこにいない蔵之進に向けて、心の中で呟かずにはいられなかった。

――下手人は手の小さな人物だが、これに限って探すと、大人子ども、男女を問わなくなってしまい、きりがなくなる。まずは、この女の素性を明らかにすることが先決だ。それには、殺されていた場所から調べるしかない。元は土佐屋の家作《かさく》で、今は大前屋の物になっているその場所から――

手掛かりはそこにあると季蔵は確信している。

さらに二日が過ぎて、さらなる文が寄越された。

依然として女の身元はわからぬが、女が住んでいた家はわかった。大前屋が以前から持っている仕舞屋で、高砂町のけん蔵地蔵近くだ。

近所の者が覚えていたのは、出かける時に着ている、高価な着物の華やかな柄が、窶《やつ》れきった様子の女に、何とも不似合いだったからだという――。

近所の連中はどんな素性の女なのかと、噂しあっていたようだが、突き止めること

蔵之進

はできずにいたそうだ。

五

「牡蠣は人気があるわね」

客が客を呼んで、おき玖は日々、呆《あき》れ続けている。

松次を連れずに、ふらりと立ち寄った田端《たばた》は、相も変わらず、駆けつけ三杯の湯呑《の》み酒を飲み干した後、

「実は明日、筆頭与力の米田《よねだ》様がここへ来て、評判の牡蠣料理を食いたいとおっしゃっておる。頼まれてくれぬか」

やや苦い顔で季蔵に頭を垂れた。

——あの米田様が？——

米田彦兵衛《ひこべえ》とは、南町奉行吉川直輔《なおすけ》の催した北と南の親睦《しんぼく》会、秋の七草の会で顔を合わせて以来であった。

「おまえの炙り蒸し鮨《ずし》にいたく感心なさり、生まれついての飯好きゆえ、是非とも、極上の牡蠣飯をと御所望だ」

「わかりました。精一杯、腕をふるいますので、どうか、おいでになっていただいてください」

「すまんな」

翌日、烏谷を一回り小さくしたような風貌《ふうぼう》の米田が訪れ、季蔵は離れへと通した。

「田端様もご一緒かと――」

「下の者に気を遣われると、美味い飯が食えぬからな」

からからと陽気に笑った米田は、

「それでは、まず――」

仏壇に線香をあげて手を合わせた。

「先代とお知り合いでしたか？」

「いいや」

米田は首を横に振って、

「とはいえ、こうしておけば無難だ」

破顔一笑した。

――こういうところもお奉行様譲りだ――

「極上の牡蠣飯をとのことでしたが、肴はよろしいのですか？」

「なるほど、肴で酒を飲んだ後に飯と相場が決まっておるからな。それがしは肴も酒も要らぬ。肴や酒を好むは、いささか、分不相応じゃ」

「それでは――」

季蔵は牡蠣飯を供した。

牡蠣飯は、昆布出汁と酒、醬油、塩で飯を炊く。炊きあがる寸前に、洗って水気を切り、塩少々を馴染ませておいた剝き身を入れて蒸し煮にし、椀に盛って、もみ海苔を散らす。塩梅屋ではこうした牡蠣飯を、一人前ずつ、小さな釜で炊き、釜ごと膳に上らせる。

箸を取った米田は、ああっとため息を洩《も》らした。

「これは下煮した牡蠣を使っておらぬな。立ち上ってくる牡蠣の香りが極上だ」

牡蠣飯には、あらかじめ、醬油と酒で丸く膨《ふく》れるまで牡蠣を煮て、旨味の出ている煮汁を飯炊きに使い、炊きあがったところで、下煮した牡蠣を飯に混ぜる作り方もあった。

「それがしのところでは、牡蠣飯には、剝き身で売られている、殻つきよりも安価な牡蠣をもとめ、下煮して使っている」

「あれもまた、醬油や酒が牡蠣の旨味を引き出して、異なる美味さです」

「だが、これほど、牡蠣の香《かぐわ》りが芳しくはない。時に臭みの出ていることもある」

米田は言い切って、

「妻帯したばかりのそれがしのところの牡蠣飯は、刻んだ人参や椎茸、しめじ、銀杏、大根の五目炊き込み飯に、形ばかり、牡蠣がぽつぽつと入っていただけだった。そのうちに大根と牡蠣だけの炊き込みとなり、牡蠣の数が多少増え、分不相応に出世したので、下煮した牡蠣の飯を食える身分となった。世に殻から外したばかりの剝き身の牡蠣を使う、極上の牡蠣飯があるということは知っていたが、お奉行様を始めとする、上の方々が、召し上がっているのかと思うと、何とも恐れ多く、小心者ゆえ、家の者に作り方を変えろとは、とても言えずにいたのだ――根は素朴なお人柄だ――

　額に吹き出た冷や汗を拭《ふ》いた。

――出世のための気働きに長じてはおられるのだろうが、根は素朴なお人柄だ――

「どうか、存分に召し上がってください」

　季蔵は一旦、店に戻って、もう二釜、牡蠣飯を仕掛けるよう三吉に命じた。

「香りがこれほど美味いとは――」

　米田は時々、箸を止めて、恍惚《こうこつ》のため息を洩らす。

　一釜食べ終えたところで、茶を啜《すす》り、二釜目が炊きあがるのを待っている米田に、

「米田様に塩梅屋《うちや》を勧められたのは、もしや、お奉行様ではありませんか？」

　胸にあった疑問を投げた。

――このように、細心の注意を払って生き、出世を果たしたお人が、極上の牡蠣飯だけが目当てだとはとても思えない――

「わかってしまったか」

　米田はあっさりと頷いて、

「形ばかり、定町廻りの田端に声を掛けて頼んだが、お奉行様よりの御指図に間違いない。あんたは、知りたがりの瓦版雀《すずめ》ゆえ、訊きたいことが多いのだとか――。それがしはお奉行様に次ぐ、北の地獄耳を自負している。お奉行様はどんなことでも、それがしが知り得る限り、あんたの問いに応えてやってくれとおっしゃった」

――なるほど、知りたがりの瓦版雀か――

烏谷は、自分が隠し事をしているのに、気がついているのだと季蔵は悟った。

――それが何なのか、訊き出すため、牡蠣飯にかこつけて米田様を塩梅屋《うち》へ――。まったくもって、狸《たぬき》おやじには敵《かな》わぬな――

苦いものがこみ上げかけたが、

――こちらは肝心なことを洩らさず、相手からだけ引き出せれば――

積極的に訊《たず》ね始めた。

「瓦版雀の常で、島村蔵之進様が、真右衛門様亡き後、伊沢家を継がれたものの、あれで御出世なさるのかと気がかりです」

まずは無難な話を投げたつもりだったが、

「それは難しかろうな」

言い切った米田は、

「島村家を継いだ蔵之進は、この十年というものこれという手柄を立てていない。蔵之進が花形同心である、定町廻りを続けていられたのは、伊沢真右衛門殿が筆頭与力の座に居座っていたからだ。家族を犠牲にしてまで、木曽屋を抜け荷で追及した真右衛門殿の偉業の前に、誰も異を唱えることなどできはしなかった。真右衛門殿は、こと島村蔵之進についで、大甘である以外は、厳しすぎず、判断は的確で皆に慕われていた。妻女の縁につながる蔵之進のことは、殺された御子息たちの代わりに、溺愛《できあい》してしまっているのだろうと見なす者たちさえもいた」

と続けた。

「蔵之進様も事件が起きれば、探索はなさっていたと思いますが――」

季蔵は豪雨の早朝、自分を訪ねてきた蔵之進の必死の表情を思い出していた。

――番屋で、共に骸を検分するほど熱心だったはず――

思わず、その時の話が口から滑り出そうになったが、

「ほう、蔵之進がお役目熱心だという証でも何かあるのか？」

米田の突っ込みに、はっと我に返り、

「よほど、お縄になる罪人の数が少ないのでしょうね」

切り返した。

「不思議にも、蔵之進が詮議している者たちは、あと、もう一息というところで、仏になってしまう者が多い。これでは手柄にはならぬ」

米田は気の毒そうな顔になった。

「仏になるのはどんな者たちです？」

「これは南の知り合いから聞いた話ゆえ、ここだけに――」

声を低めた米田は、

「女房を殴り殺した疑いのあった老舗《しにせ》の若旦那、五歳の我が子を飲まず食わずで死なせた、酒好きで欲深な女郎屋の女将《おかみ》、夜な夜な若い女ばかり辻斬《つじぎ》りしていた、大身《たいしん》の旗本の五男

坊――まだ、あったような気がするが、虫酸《むしず》の走るような輩《やから》の話なので、覚えていたくないと思っているうちに忘れてしまった」

「死因は？」

「罪を悔い、自害して果てるような、殊勝な輩ではないゆえ、不運な病死であろう。ともあれ、この話を聞いた時、生きていては悪鬼ゆえ、死んで仏になってよかったと正直思った。話してくれた相手も同じ気持ちのようで、〝生きていれば、どんな手を使っても罪を逃れようとするゆえ、これでよかった〟と洩らしていた。その者も同心の端くれゆえ、どうか、この話はくれぐれも、ここだけの話に――」

ここで、話を切ったつもりのようだったが、

「どんな手を使ってもというのは、自身や身内の富、知り合いの権力を頼んでもということですね」

季蔵が念を押すと、

「御政道に闇はつきものだ」

米田は渋い顔で頷き、

――よし、これだ――

「とはいえ、御政道の闇に、弱い者たちが呑み込まれてしまうのはたまりません。十五年前、自害した木曽屋の遺した子どもたちが、今、どうしているのか、このところ、気になってならないのです」

思い切ってぶつけてみた。

――骸の女が木曽屋の娘だという、確たる証が欲しい――

「木曽屋が子どもを助けてくれ、頼むという文を遺したのは聞いているが、行方までは知らぬ」

「本当ですか？」

季蔵が食い下がると、

「お奉行様に、どんなことでも応えるように言われている。隠し立てする必要はない」

米田は眉を寄せて、

「南町の誰一人として知らぬのだから、もちろん、今のお奉行様もご存じではない。もとより、御政道の闇に呑み込まれたのは、木曽屋の遺児たちだけではない。真右衛門殿の妻子殺しを名乗り出て、獄門、磔《はりつけ》になったまむしの源八にも娘はいた。その娘は左目の下の大きな泣き黒子が哀れを誘った。源八亡きあとは母御が病の床《とこ》に就き、住んでいた長屋の連中が何くれとなく世話を焼いていたと聞く」

――まむしの源八とやらにも娘がいたのか。では、骸の女は木曽屋ではなく、まむしの源八の娘――

「その長屋の名を教えてください」

季蔵は口調を強めた。

「はて――うーん」

米田は頭を抱えて、

「忘れたいことではないのだが、すぐには出て来ぬな」

そこへ、おき玖が二釜目の牡蠣飯を届けてきて、ふうふうと息を吐きながら平らげたところで、

「やっと思い出した。京橋の嘉治衛門《かじえもん》長屋、娘の名はこう。これに間違いない」

と告げ、

「何？　三釜目もあるのか？　これはまた楽しみだ」

丸い童顔を綻《ほころ》ばせて、目尻に皺を寄せた。

六

翌朝早く、季蔵は朝餉《あさげ》もそこそこに京橋の嘉治衛門長屋へと足を向けた。

途中、楓《かえで》の木の前を通り過ぎたところ、すでに、木の枝に残っている葉はまばらで、風に震えている赤茶けた葉が、理不尽にも奪われ、あるいは、余儀なく無残に散っていった人の命のようにも見えた。

──肉親や親しい者の死ほど、深く人の心を抉《えぐ》る刃《やいば》はないはずだ──

長屋の井戸端では、三人のおかみさんたちが、水を汲み上げて洗濯を始めたところであった。二人はまだ三十路《みそじ》前で、四十路近いもう一人は、背中に赤子を背負って、よちよち歩きの男の子に近くで石蹴《いしけ》りをさせている。

丁寧に名乗って挨拶《あいさつ》した季蔵は、十五年前にここに住んでいた、おこうについて訊いた。

「おこうちゃん？」

「聞いたことないよ」

「十五年前じゃあねえ、あたしなんて、まだおぎゃあと生まれてもいなかったしね」

姉《あね》さん被《かぶ》りをした大年増《おおどしま》が、しらっと言ってのけて、

「まあ、嘘八百」

「十五年前におぎゃあと生まれたのは、十人生んだ、あんたの五番目の子じゃないかい？」

若い方の二人は、ぎゃははと声を合わせて囃《はや》し笑い、

「何を隠そう、あたしは赤子で子を生む物《もの》の怪《け》でやんしたよ」

悪のりした大年増まで、一緒に笑い転げた後、姉さん被りを外すと、

「そんなわけで、ここで生まれて育ったあたしは、この長屋の生き字引みたいなもんなのさ。だから、泣き黒子のおこうちゃんも知ってる」

季蔵の方に向き直った。

「おこうさんというのはこの女《ひと》ですね」

季蔵は蔵之進の役宅で見た女の顔を写した紙を懐から取り出した。

「ちょっとの間、うちの子を見てておくれ」

あっと声を出そうとして、呑み込んだ大年増は長屋木戸から二つ目の油障子を開けると、季蔵に中に入るように言った。

「出がらしだけど」

出された茶は湿った枯れ草の臭《にお》いがした。

「お子さんたちは手習所ですか？」

「上の二人は奉公に出ていて、あとの一人が手習いに通っている。生んだのは十人だけど、生きてるのはこの子も入れて五人。ったく、子どもや病人にとっちゃ、流行病は疫病を運んでくる死神さね。労咳《ろうがい》だったおこうちゃんのおっかさんも、この死神に取り憑《つ》かれちまった——」

大年増は眉を寄せた。

「おこうさんはおっかさんと、ここへ住んでいたのですか？」

「引っ越してきたのは、十年ぐらい前さ。どこから越してきたのか、それまでは、何をしてたかなんて知らない。その時にはもう、おっかさんは身体を壊してて、そこそこの器量だったおこうちゃんは、仲居の仕事だけじゃ足りなくて、舟饅頭《ふなまんじゆう》なんかで、薬代を工面してた」

舟饅頭は饅頭の入った提げ重を、舟遊びをする男たちに売り歩くと見せかけて、身体を売る私娼《ししよう》であった。

「おこうさんのおっかさんが亡くなったのはいつのことです？」

「不運にも、おこうちゃんがお上に捕まって、吉原送りになってすぐのことだった」

私娼は御定法に反する罪であったが、暮らしのために罪を犯す女たちは後を絶たなかった。

常は見て見ぬふりをしている町奉行所も、時には取締に踏み切ることもあり、縄を掛けられた私娼たちは、公娼として、吉原で一定期間、無料で働かされ罪を償った。

「たいしたことのできるあたしたちじゃないけど、おっかさんの不運が、気の毒でねえ。知り合いの坊さんを拝み倒して、おっかさんの弔《とむら》いはしたんだ。五年只働《ただばたら》きをさせられて、帰ってきたおこうちゃんは、昔の面影なんてどこにもないほど、窶れ果ててた。羅生門河岸《らしょうもんがし》ってえとこは、吉原の中でも、客が女郎にどんなことをしても許される、この世の地獄みたいな場所だって聞いてるからね、おこうちゃんに命があってよかったって、あたしは思ったよ。おこうちゃんの方は、〝神様があたしを生かしておいてくれたのは、これからしなければならない大事なことがあるからなのよ〟って言ってた。あたしは〝いい男に巡り会うといいね、早く、あんたも、おっかさんになって、泣き黒子を笑わせてやらなくちゃ〟って応えたけど、おこうちゃんは首を横に振った。それ以上は話さなかったよ。何っていうか、着ている不似合いな高そうな着物のせいもあったけど、言うに言われぬ苦労が、おこうちゃんをすっかり、変えちまったような気がして、吐いている息まで、ぞっと冷たいようで、正直、長くは一緒にいたくなかった――」

大年増は怯《おび》えた目になって、

「だから、料理人なんて言ってるあんたが、ほんとはお上のお手先で、おこうちゃんの身に何かあったんだろうって察しはつくけど、あたしは、もう、なーんにも知りたかないんだよ。知ってるなんて言っちまったから、しょうがなく、話したんだ。これっきりにしておくれよ」

ぞくりと肩を震わせて、帰ってほしいという代わりに、季蔵に背を向けた。

この後、季蔵は、高砂町へと向かった。

――吉原で只働きだったおこうさんに、高価な着物を買ったり、一軒家の店賃《たなちん》が払えたりするはずもない――

季蔵は殺されるまで、おこうが住んでいたという家を調べるつもりであった。

手拭《てぬぐ》いを手にして、湯屋へ急いでいる隠居風の老爺《ろうや》を呼び止めて、牡丹の絵柄の艶やかな着物を着て出入りしていた、女の住まいはどこかと訊ねると、目の前の格子戸の向こうに大きく庭が広がる仕舞屋を指差した。

「その女のほかに、出入りしていた人はいませんでしたか？」

「表からの人の出入りは見なかったね。裏は知らねえな。あの家の裏道は、人一人が通れるぐれえの狭さで隣の家ともども大前屋の家作だ」

「大前屋というのは、廻船問屋で主は大前屋吉三郎《きちさぶろう》さん？」

「そうさ、あのお大尽だ。地主が死んじまった空き家を、叩いて買いまくってて、大前屋の家作がないとこは、浜町堀の西側にはねえんじゃないかってえ勢いさね。金持ちだけが肥える嫌な御時世だ」

老爺は忌々《いまいま》しげに口をへの字に曲げた。

――おこうさんが殺されていたのは大前屋が、土佐屋から買い取った空き家。そして、おこうさんが住んでいた家の隣りも、裏道まで大前屋の家作。自分の持ち家の裏木戸からなら、誰にも見咎《みとが》められずに、おこうさんの家に出入りできた――

季蔵は家の中へと足を踏み入れた。

何日も人が出入りしていない家特有の空気の淀《よど》みがある。

廊下を進んだ。

簞笥《たんす》の引き出しが畳にぶちまけられ、押し入れからは引き出された布団がぶらさがっている。

厨も同様で、家捜しした相手が苛立《いらだ》ちを隠し切れなかった証に、皿小鉢が割れ、土間の上には、いくつもの瓶が倒され、流れ出た水と油が混じり合っている。

――先を越されてしまった――

相手はおこうを殺しただけではなく、念には念を入れて、自分の痕跡《こんせき》を消そうとしたのである。

――せめて、下手人が落としていったものでもあれば――

季蔵は痛くなるほど目を凝らし続けたが、それらしきものは見当たらなかった。

――殺された場所と、狭い路地を挟んだ隣りが大前屋の家作だっただけのことで、大前屋吉三郎に疑いをかけることはできない。ましてや、相手の後ろには土佐屋以上に大物の後ろ盾が控えている――

ここまで来ての行き詰まりが、季蔵は無念でならなかった。

——神も仏もないな——

玄関で脱いだ草履を履きかけた時、なぜか、ふと、盛り塩が目に入った。

邪気を払う目的が盛り塩である。

——もしかして——

季蔵は夢中で盛り塩を掻き分けた。

——これは——

塩の中から出てきたのは、ところどころ茶色くはあったが、見たことのない輝きを放つ透明の石であった。

——これぞ、大前屋が盗まれたと言っていた、女隠居の金剛石ではないのか？　あの時、すべて自作自演で女隠居を殺した大前屋は、わたしに、盗人《ぬすっと》が女隠居の部屋まで狙《ねら》った理由を訊かれ、咄嗟に、開けて見せてくれた簞笥の引き出しではなく、別の場所にしまってあったこの石も、一緒に盗まれたのだと嘘を言って、おこうさんに預けたのだ。この稀《まれ》に見る輝きこそ、神の導きであると言って、おこうさんを操る道具にしていたのかもしれない——

金剛石を懐紙に包んで、財布に入れた季蔵は、神棚の前に立った。

神棚の注連縄《しめなわ》と供えられていた酒は、共に、畳の上に転がっている。

——珍しいこの金剛石がここで見つかれば、疑いは自分に向くとわかっていた大前屋は、必死でこれを探したのだろう。誤算は、金剛石を有り難がっていたおこうさんが、神棚に供えず、盛り塩の中に入れていたことだった――

季蔵は何も供えられていない神棚に向けて手を打ち合わせた。

――ありがとうございます――

七

仕舞屋を出た季蔵は塩梅屋のある木原店へと向かった。

行く手に垂れ柳が連なっている。

この時季、江戸の粋の象徴であるかのような、垂れ柳も枯れてきて、物寂しい風情を醸し出す。

大半が葉を落としている柳の枝の間を、さんさんと秋の陽が射し込んでいた。

――眩《まぶ》しいな――

そう感じて目を伏せ、知らずと身体を後ろに捻《ひね》って腰を落とした刹那《せつな》、すーっと冷たい風が恐ろしい速さで鼻先をすり抜けた。

――何と――仕掛け矢だ――

道の左手を見ると、カラタチの垣根に、放たれた矢が突き刺さっている。

――陽の光を眩しく感じなければ、今頃、射られていた――

「季蔵殿」

聞いたことのある声が響き、

「武藤《むとう》さん」

後ろから、武藤多聞《たもん》が駆け寄ってきた。

浪人の身の武藤多聞は、妻と生まれたばかりの娘を抱え、飯炊きから掃除、洗濯、伝言や文の使い等、ありとあらゆることを引き受ける、よろず商いで生計を立てている。

中でも得意は料理で、塩梅屋でも七の付く日に限って、助っ人に頼んでいる。

武士だったことのある季蔵には、無言のうちに気脈の通じ合える相手であった。

「大事ないか？」

気がついてみると、季蔵は横向きに転んでいた。

「これよな」

屈《かが》み込んだ武藤は、地べたから釣り糸を摘《つま》み上げた。

「これをぴんと張っておいて、通り過ぎようとして触れたとたん、仕掛けられていた矢が飛び出す仕組みだ」

――大前屋は配下の連中に命じて、おこうさんを住まわせていた家に近づく者を、隣りで見張っていたのだ。しかし、誰かれなく、このような目に遭わせようとするとは――。

いや、そうではない。わたしが塩梅屋へ戻ると知っていなければ、先まわりして、矢を仕掛けることなどできはしない。大前屋はわたしが調べているのを知っている――

季蔵は慄然《りつぜん》としたが、

「季蔵殿に、このような目に遭わされる覚えはござるのか？」

心《しん》から案じている様子の武藤に、

「人違いでしょう。とはいえ、お嬢さんや三吉に心配はかけたくありませんし、手練《てだ》れのお侍ならいざ知らず、料理屋の主が、矢を射られたというのでは、洒落になりませんので、どうか、ご内密にお願いいたします」

立ち上がって頭を垂れた。

「それはかまわぬが――」

うんと頷いた武藤は、

「この先、難儀なことがあったら、相談してほしい。それがし、微力ながら、多少は、役に立てることもあるかもしれぬ」

と続けた。

「何よりのお言葉です」

ほっとして、季蔵は固まっていた心身が緩むのを感じた。

――得難い人だ――

この後、武藤は店まで送ると言ってきかなかった。

「お忙しいところをすみません」

「いや、近頃はそうでもなくて」

「何か、ご心配なことでも？」

武藤はあちらの家、こちらの店と、忙しく働き続けなければ、家族を養うことができない。

「一時、多かった出張料理の注文が一件も来なくなってしまった」

富裕層がもとめる出張料理は、日銭は高いが、毎日、必ずあるとは限らない、よろず商いの身に降って湧《わ》く、大入り袋のようなものであった。

「武藤さんの腕前は玄人裸足《くろうとはだし》だというのに、なにゆえです？」

「玄人裸足の褒め言葉はうれしい限りだが、玄人ではないということでもある。それがしを快く思わぬ料理人たちが、出張料理の斡旋《あっせん》をする口入屋《くちいれや》を抱き込んでしまった。今時は、どこの口入屋でも、〝店を構える料理人に限る〟という一文をつけているのだ。これではとても、太刀打ちできない」

――妬み、嫉みとは――

季蔵は情けなさと憤《いきどお》りの両方を感じつつ、

「何か、これぞという、対抗策があるといいのですが――」

洩らさずにはいられなかった。

「皆があっと驚くような場、たとえば、お奉行様方などの前で、料理を振る舞えば、それが噂になって知れ渡り、店を持たずとも後ろ指をさされぬと聞いた」

武藤はうつむいたままでいる。

――そうだったのか。武藤さんは、わたしが南北のお奉行様とその配下の皆様に、料理を振る舞ったことを知っているのだ――

三吉の顔が浮かぶ。

他のわきまえた人たちは、他人《ひと》に話しはしなかったろうが、三吉の口に戸は立てられない。この手の話はあっという間に知れ渡る。

「それがしで、役に立つことがあったら、是非、声を掛けていただきたい」

塩梅屋の前まで来た武藤は、わざわざ腰を折って、深々と頭を垂れた。

この日、仕込みにかかっている途中、烏谷からの使いの者が戸口に立った。

「何でも、至急、旬を食したいと」

「わかりました」

襷《たすき》を外して身支度を調えた季蔵は、

「お奉行様が八ツ時に牡蠣を召し上がりたいようですので、少し、出かけてきます」

そう告げて店を出た。

烏谷が昼間、店に使いの者を寄越して、旬を食したいと伝言する時は、示し合わせてある水茶屋の二階で待つという意味であり、緊急を要する。

八ツ時は間近で、店を出た季蔵は、ただひたすら走った。

「お待ちです」

出迎えてくれた女将に一礼して、階段を駆け上がると、

「やっと来たか」

烏谷は床の間《とこま》を背に座っていた。

「いろいろ手間取っておったようだな」

季蔵の動きを熟知しているかのような口ぶりである。

「米田様に貴重なご助言をいただけましたので」

――あの時、己が力で探り出したかのような錯覚に陥っただけで、米田様がわたしに告げた内容など、お奉行様はとっくにご存じのはずだ――

「それで、やはり、大前屋が黒幕だったのだな」

烏谷はさらりと言ってのけて、

「わしの目《めし》は盲いていないゆえ、そちが真右衛門の骸のそばで、独楽を拾ったのも知っていた。いつ、見せるのだろうかと、面白く待っていたが、これは、わしの不徳のいたすところだろう。どうやら、そちは、吉川様を気にかけるわしを、事なかれ主義のろくでなし、平目奉行と見なしていたようだ」

「真相よりも、政を優先させておられるとは思っております」

季蔵は率直な物言いをした。

「たしかに、いの一番は政だが、真実を暴き出さずば、肝心な政が腐りきってしまう。腐り始めは、十五年前の木曽屋の一件だということに、わしが気づいていないとでも思ったのか？　わしの目は節穴でもないのだぞ」

烏谷はやや声を荒らげて、

「こちらもいろいろ調べ上げてあるが、そちの方から話せ」

大前屋への嫌疑の根拠を話すよう促した。

「わかりました」

季蔵は財布の中から、金剛石を取りだして烏谷に渡し、これを見つけた経緯《いきさつ》と場所を、大前屋が盗まれたと嘘をついた一件と共に話し、さらに、仕舞屋からの帰路、昼間だというのに、仕掛け矢で命を狙われかけたと言い添えた。

「大前屋が怪しいと、いつ気づいたのだ？」

「大前屋の義母である女隠居が、薄桃色の桔梗の花を噛《か》みしめていたのを見た時、不審に思いました。下手人が誰であるかを、教えたいのではないかと思いました。大前屋は義母が、桔梗を好きだったと言い繕《つくろ》いましたが、色変わりの桔梗には、風流好きの大前屋の方が似合います。都合よく、大きな金の仏像が掘割から見つけ出されるなど、すべてが不自然な流れのように感じたのです」

「土佐屋と大前屋は十五年前から関わっておる。木曽屋、土佐屋、大前屋の三人で抜け荷の大罪を犯していたのだ。土佐屋を家捜ししたところ、蔵の手文庫の中から、あちらでは、リボンと言われる、十文字の模様が刺された、南蛮紐の髪飾りを見つけた」

「慈愛深いお内儀《かみ》さんは、自分の蔵のお宝を売り払ってまで人に施していました。もしや、土佐屋は手文庫の中の南蛮紐をお内儀に見つけられて、問い糺《ただ》されて、仲間の大前屋に相談したのでは？」

「お内儀の施し癖は今に始まったことではないゆえ、たぶん、そうだろう。だが、お十夜に乗じて、上手《うま》く、盗人の仕業に見せかけたつもりが、東徳寺の坊主の物覚えがよくて、窮地に立たされた土佐屋は、見事、わしの仕掛けた罠《わな》に落ちた」

「夜鷹蕎麦《そば》売りのおけいさんを疑って、家捜しすると告げ、土佐屋に墓穴を掘らせようとなさいました。ところがあのようなことに――」

「ったく、あのことには――」

烏谷は悔しそうに唇を噛んで、

「悪党の大前屋は保身にまむしの源八の娘を使った。吉原にいた娘のおこうを見つけ出し、骨の髄から、お上と真右衛門殿を恨むよう吹き込んで、木曽屋の娘を名乗らせ、古道具屋で仕入れた脇差しを渡し、真右衛門に刃を向けるよう仕向けていたとは――。また、土佐屋から相談を受けた時、大前屋は松次の話を罠だと看破し、土佐屋の口を塞ぐことにした。だから、物乞いから襤褸《ぼろ》を買い取り、その襤褸を纏《まと》って、おけいの長屋に金の煙管《キセル》、夜光の珠、珊瑚《さんご》の簪《かんざし》などのお宝を置いて、おけいを下手人に仕立てようとした。そして、大前屋は言葉巧みに土佐屋を東徳寺の薬師堂に連れ込み、毒を盛った。失敗だったのは、自分と会ってから着替えるようにとまでは言わなかったので、土佐屋が襤褸を纏った姿で店を出てきたことだった。だから、あわてて、おこうに柳原の古着屋で紋服をもとめさせた。でないと覚悟の自害に見えんからな。それにしても、すっかり、古着屋に振り回され、不覚にも、形《なり》の貧しい女ばかり探してしまった――」

「おこうさんを高価な着物で装わせていたことが、偶然、功を奏したわけですね。古着屋で紋付きを買った女と、自分のところの空き家で死んでいた女が別人なら、疑いは、かかりませんから」

「大前屋のやったことはそれだけではなかった。かつて、大前屋は土佐屋と企んで、真右衛門の元に密告の文を送り、動かぬ証で木曽屋一人に罪をなすりつけようとした。木曽屋の遺したものは、家屋敷のみならず、材木売買の権利まで、自分たちの仕業とわからぬよう他店の名義とし、我が物にしている。だが、強欲な鬼と化した大前屋は、これでは物足りなくなった。それで、土佐屋から相談を受けた時、土佐屋そのものを葬り去って、富を横取りできる案を考えついたのだろう。土佐屋が独占していた、世に名高い土佐節の買入権利も、今は大前屋の手にある」

「大前屋の娘さんの祝言はどうなりましたか？」

「――まさか――」

「とっくに破談になっておる。欲に取り憑かれた者に、もはや、親子の情はないのだ。女隠居を手に掛けたのも、孫夫婦に店を託したいという義母の想いを叶えれば、店の采配は娘夫婦に移り、さらなる欲を満たす手段がなくなると思い詰めてのことだろう。大前屋が生きている限り、娘は可哀想《かわいそう》に独り身で、あやつの撒《ま》き散らす毒は、この世に悪臭を放ち続けることだろう」

そう言い切って、鳥谷はじっと季蔵を見つめた。憤怒《ふんぬ》とも無邪気ともつかない、水のような静かな目であった。

「やらねばならぬ」

「わかりました」

「吉川様にはすでに申し上げてある。奥方様がそちの料理を気に入っておられたゆえ、話はとんとん拍子に進んだ。〝花より団子ですぞ〟とわしが軽口を叩いても、笑って流してくれた。五日の後の吉日、わしが吉川様の典雅なお屋敷をお借りして、秋の七草の会の時と同じ者たちで牡蠣三昧《ざんまい》の宴を開くこととした。そこに来られぬ真右衛門を悼む会でもある。従って、南町の新しい筆頭与力には声をかけなかった。吉川様からの誘いとなれば、大前屋は必ずやってくるはずだ。わしも、少々だが、奥方に気に入られたゆえ、もう、風流を気にかけることはない。ただただ、美味い牡蠣料理を存分に食わせてくれ。ひいては、牡蠣の天麩羅《てんぷら》、これだけは外してほしくない」

「精一杯、腕をふるわせていただきます」

八

翌朝、季蔵は太郎兵衛《たろべえ》長屋の武藤に、南町奉行宅での仕事の文を届けた。

昼過ぎて訪れた武藤は、

「かたじけない」

目を潤ませた。

「ただし、ことのほか、気の張るお役目でござるな」

「あなたに相談があります」

季蔵は筆を取って紙に向かった。

牡蠣三昧
小鉢　酢牡蠣
お造り　殻付き牡蠣の磯焼き
蒸し物
焼き物　剝き身の塩焼き
揚げ物　牡蠣の天麩羅
飯　牡蠣飯
汁　牡蠣の土手鍋

「汁を土手鍋にしたのは、思い切り、牡蠣を堪能してほしいからです。ただ、どうしても、蒸し物が思いつきません」

「牡蠣豆腐などは？」

言葉と同時に身体が動いて、武藤はするりと塩梅屋の厨に入り込むと、殻付きの牡蠣を手にしていた。

牡蠣豆腐は牡蠣のヘリを落として、フクロだけにし、水気を切って裏漉《うらご》ししておく。昆布出汁と醤油、味醂、塩を合わせて調味して温め、片栗粉を水溶きして入れ、冷めたところで、溶いた卵と少しずつよく混ぜる。

裏漉しした牡蠣をすり鉢に取り、味ととろみのついた卵汁を加えてすり伸ばしていく。これを流し型に入れて、弱火で蒸し上げる。

蒸し上がったら、角切りにして盛りつけ、柚の皮の千切りを載せて供する。

箸を取った季蔵は、

「繊細な、深い、よい味です」

野趣豊かな磯焼きとはまるで別物であった。

――牡蠣にこのような味わい方があったとは――。たぶん、吉川様の奥方様はこれを喜ばれるだろう――

季蔵は蒸し物と書かれている下に、牡蠣豆腐と書き足した。

「もう一つ、牡蠣の天麩羅でも訊ねたいことがあるのです」

牡蠣の天麩羅は塩水で洗った後、鍋でさっと空《から》炒《い》りして揚げる。こうすると、揚げすぎずに、からりと衣が上がったところで、油から引き上げられる。

牡蠣と生椎茸、海苔は相性がいいので、小さな生椎茸はそのまま、浅草海苔は短冊に切って、一緒に揚げる。

ここまでは、別段、どうということもないのだが、季蔵が迷っているのは、牡蠣の天麩羅の供し方であった。

――お嬢さんや三吉の舌も頼りにはなるが、時には別の頼りも新鮮なものだ――

おき玖や三吉はとかく好みを主張する。だが、時に、客観的な善《よ》し悪《あ》しの答がほしかったのである。

天つゆは鰹《かつお》だしに醬油と味醂を加えて煮立たせ、冷ましたものと、赤穂の塩の両方を用意した。

武藤はまずは揚げたてを、次には冷めたものを両方で味わって、

「揚げたてならば塩で充分だが、時が過ぎると、醬油や鰹の風味が牡蠣の臭みを消すように思う。そのように申し上げて、両方を添えてはいかがか？」

と勧めてくれた。

「そういたします」

これで、牡蠣料理の献立に不安はなくなった。

当日は晩秋ならではの肌寒い朝ではあったが、空は抜けるように青く高かった。

――よかった――

季蔵が胸を撫《な》で下ろしたのは、この牡蠣三昧の会が、秋の日和《ひより》に恵まれたのを喜ぶ気持ちゆえではなかった。

「手覆いとは、先代もよい思いつきをされたものだ」

「武藤さんが縫い物までお上手とは知りませんでした。本当に助かりました」

季蔵は武藤の手を借りて、この席に連なる者全員の手覆いを拵《こしら》えた。

――念には念を入れて――

おこうを殺した下手人は手が人並みより小さい。

――大前屋の手をこの目で確かめたい――

大前屋の手が思っている通り、小さければ下手人に間違いなかった。

――調べの数々は大前屋が大悪人だと指している。だが、万一のことがあってはならぬ――

二人が屋敷に着いて、厨へ入ると、すでに、烏谷が殻付きの牡蠣を届けてきていた。

吉川直輔の妻律《りつ》が駆けつけてきた。

「また、お世話をおかけいたします」

季蔵は丁重に頭を下げ、武藤もそれに倣《なら》った。

「あら、この間の若い方がご一緒ではないのですね」

「牡蠣ともなりますと、あの者では不足です。この者ならば、後々夢にまで見ていただけるような、極上の牡蠣料理の立役者となります」

季蔵は、気取り屋の律が意外にもおしゃべりだと見抜いていた。

――武藤さんのことを、あちこちにふれ回ってくだされば――

「それは愉《たの》しみですわ。わたくし、実は牡蠣が大好物なのです。けれど、牡蠣は殿方が肴に召し上がることが多いので、女の身で好きだなどとは言えず、まだ、旦那様もご存じなかったのです。ですから、〝牡蠣三昧でそなた好みの風流はないが、まあ、よろしく頼む〟とおっしゃられた時は、正直戸惑いましたが、〝わたくしが丹精している紫式部の庭の前で、美味しい牡蠣料理をいただくなら、そこから風流も生まれましょう〟と申し上げたのです」

律は最後に胸を張った。

庭の見渡せる座敷には、伊沢真右衛門以外の面々が、秋の七草の会同様に座っている。

「本日は吉川殿のお許しを得て、昼の宴なれど無礼講といたしますぞ。皆、風流談義の代わりに、牡蠣について思うところを話されよ。むろん、話す順番など気ままでよろしい」

もはや、烏谷は最年少にして、氏《うじ》育ちのいい南町奉行に引け目を感じてはいない。

「それがしはただただ、殻付きの牡蠣を用いて作る、牡蠣飯が待ち遠しい。家では変わらず、剝き身買いして味をつけて、飯に混ぜ込んでおるでな」

まず、米田彦兵衛が声を上げると、

「えっ？　殻を外したての、生でも食える牡蠣で拵える、勿体《もったい》ねえ、牡蠣飯なんぞ、この世にあるんですかい？　そうなりゃ、あっしもやっぱり、牡蠣飯が気になりまさあ」

松次は目を瞠《みは》って同調せずにはいられず、

「それがしは酒に合う磯焼きを是非」

田端はひっそりと呟いた。

「北町ではわしが最後となったが、牡蠣もまた、天麩羅じゃ。さくっとした衣の下は、牡蠣のあのぷりっとした食味と癖になる旨味。これはもう堪《こた》えられん」

鳥谷が舌なめずりをすると、あろうことか、南町奉行吉川は膝を打った。

「おおっ、貴殿も天麩羅好きであったか。実はわしも天麩羅に目がないのだ」

──常に夕暮れ時の静かな水面《みなも》のように見える、このお方の目も光り輝くことがあるのか──

「わたくしも今日は養父のために酒が飲みたいです。田端殿同様磯焼きが待ち遠しい」

伊沢蔵之進が吉川に続き、

「そうですな、それではてまえも磯焼きを。よい牡蠣は生に限ると言いますが、酒となると焼いて風味を味わうに限ります」

──大前屋は筆頭与力の家柄の伊沢家を継いだ蔵之進様を、昼行灯の馬鹿者だと見なして、媚《こ》びて近づき、取り入るつもりなのだろうが、磯焼きをと口にしてくれたのは幸運だった。早く、確かめられる──

磯焼きには手覆いが欠かせない。

「それでは料理の供し方を変えて、まずは、磯焼きと天麩羅をお持ちいたしましょう。牡蠣飯だけは腹がくちくなってしまいますので、最後に。もちろん、御酒《ごしゅ》もご用意いたします──」

酒は上方から届いたばかりだという新酒の樽《たる》を、蔵之進が用意した。

「養父と親しかった新酒問屋が、供養にと届けてくれたものだ」

厨に入ってきて、顔を合わせた蔵之進はちらっと一度だけ、意味ありげに季蔵を見た。

居合わせた武藤は、

「お知り合いか？」

気になった様子だったが、

「ええ、まあ――」

季蔵は曖昧《あいまい》に濁した。

好物の牡蠣料理を囲んでの宴が始まった。

「まずは御一献、亡き養父のために供養代わりに」

と新酒が注がれた盃を口にした律は、

「よろしいのかしら？」

頰を染めた。

どんと盛られた牡蠣の天麩羅の大皿と、磯焼きのための七輪が座敷に持ち込まれた。

「さあ、皆様方、これを手にはめ、七輪に近いお席の方から、牡蠣をご自分で焼いて、召し上がってください」

季蔵は人数分の手覆いを配った。

「わたくしの分がございませんが」

唇を尖《とが》らせた妻に、

「わしのを貸すゆえ、よいであろう」

吉川は苦笑して頷いて見せた。

「わたくしはここに控えておりますので、どうか、ご安心を」

季蔵は廊下に座って、障子が開け放たれた座敷を見守っている。

烏谷と目が合いかけて逸《そ》らした。

――寸分でも悟られてはならない――

七輪に席の近い順に立ち上がり、両手に手覆いを嵌《は》めた恰好《かっこう》で、次々に牡蠣が焼かれていく。

磯で海風に吹かれているかのような清涼感と、旺盛《おうせい》な食欲との両方が座敷に立ちこめている。

手覆いはどれも、季蔵が使っている、人並みの大きさに合わせてある。

松次、田端、烏谷、吉川、律、蔵之進まで順番が回った。どの手にも、手覆いはほぼぴったり合っている。

最後に大前屋が立ち上がった。

手覆いの中で両手が泳いでいる。

見ていた季蔵はそっと烏谷を窺《うかが》った。

だが、大前屋の手覆いを注視していたのは、自分と烏谷だけではなかった。

烏谷の後ろには、振る舞うための酒を手にした蔵之進が立っている。

季蔵と目が合うと、その目はふふっと細められた。

大前屋の手覆いは器用に動いた。

焼き上がった牡蠣を皿に取ると、手覆いをはめたまま、箸を取って口へと運ぶ。

「今日は酒と共に、牡蠣の香気に酔いしれようぞ」

烏谷は唸《うな》るように叫んだ。

磯焼きは誰もがお代わりを望んだので、季蔵が焼く役目をかって出た。

「まあ、一献、遠慮には及ばぬぞ」

「これはまた、伊沢様お手ずからとは、恐れ多い限りで」

大前屋と蔵之進は、季蔵が七輪を片付けるまで、差しつ差されつを繰り返した。

「お次は酢牡蠣と牡蠣豆腐でお口直しを――」

季蔵が言うと、

「それは気が利いている。ところで、その前にわたくしはちょっと」

大前屋がおもむろに立ち上がった。

「当屋敷は広うございますので、誰ぞにご案内させましょうか」

自慢も手伝って律が声を掛けた。

――まずい――

だが、

「とんでもないことでございます。このお屋敷には何度も、足を運ばせていただいておりますので、よく存じております。大丈夫、どうか、お気遣いなく――」

大前屋吉三郎は廊下を歩き始めた。

季蔵は厨の勝手口を出た。

風流に徹しているこの屋敷の厠《かわや》は、一見、東屋《あずまや》のように見える造りで、勝手口からが最も近かった。

いざという時のために、季蔵は懐に匕首《あいくち》を呑んでいる。

――できれば、この手で鼻と口を塞《ふさ》ぎ、息を止まらせて、卒中に見せかけたい――

そっと厠に近づいていった。

すると、

――こ、これは――

一瞬、たじろいだ。

咄嗟に身体が硬直して身動きができない。

勝手口の右手にある、庭に通じる枝折戸《しおりど》の脇の庭石と、左手の南天の茂みとを結ぶ何本もの釣り糸に気づいた。

――またしても。しかし、これに少しでも触れたら最後、仕掛け矢が降り注ぐ。どうしたものか――

庭石に乗り、庭側へ降りて枝折戸から回り込むしかないが、それでは誰かに見られてしまう恐れがある。

——何より、時がない——

季蔵は意を決して匕首を取り出すと、釣り糸を切った。シューと音をたてて、矢が季蔵の目の前を飛び、庭石に当たり、落ちた。

次々に、釣り糸を切って、ようやく厠の入り口へ近づくと、

「俺も飲み過ぎてな」

蔵之進の笑顔が迫った。

ただし、緩んでいるのは口元と頬《ほお》だけで、その目はかっと見開かれている。

「急がば回れということわざもある」

蔵之進はやれやれと肩を揺らして、大きくため息をついた。

この後、大前屋吉三郎の骸が、厠の穴に、上半身をのめり込ませた姿で発見された。

常から、かかりつけの医者に、酒を過ごしすぎぬようにと注意されていた大前屋は、卒中死と見なされた。

烏谷は大前屋の家捜しはせず、後に遺された娘に、十文字の模様のある南蛮紐を、探すよう命じて、差し出させ、〝この意味がわかるか？〟とだけ、叱り置き、早く婿を取って、祖母の想いを叶えるよう勧めた。

大前屋の娘から差し出された南蛮紐は、長い一本と、千切れた短い一本だったが、なぜ

か、烏谷はこの短い方を季蔵に届けてきた。

——お奉行様がそこまでご存じだったとは——

季蔵は土佐屋亀之助《かめのすけ》が手にしていた、万徳寺の裏庭の江戸柿の話は、とうとう、告げることなく終わった。

ただし、烏谷は大前屋成敗の件については、とっくに真相に気づいているはずだった。

——昼行灯、伊沢蔵之進様の使い途《みち》は、もとより、南町奉行所内を波立てないためなどという、生やさしいものではなかったのだ。これについて、訊いたとしても、お奉行様は、〝蔵之進が詮議して、なぜか、死ぬ羽目になった悪党たちは、刑死したも同然だ〟とおっしゃるだろう——

季蔵は千切れた南蛮紐に以下の文を付けて、蔵之進まで送った。


これはあなたの亡き父、木曽屋助左右衛門さんの形見の品です。

季蔵

すると、ほどなく、蔵之進からも文が届いた。


まずは木曽屋助左衛門が倅進吉《せがれしんきち》に代わって礼を言う。

そして、寝ても醒めても、俺とは一心同体のような弟分、進吉の話を綴《つづ》ることにする。

大罪を犯した父親が自らの命を絶ったのち、遺児進吉と相代の兄妹《きょうだい》は、我が養父伊沢真右衛門のはからいで、伊豆に逃れたという。

我が養父は幼い兄妹をも、念のためにと口封じしかねない、残酷極まりない仲間たちの毒牙《どくが》を恐れていたのだ。

だが、伊豆の百姓家に匿《かくま》われることができたのは、進吉一人だった。

道中、付き添っていた小者が斬り殺され、幼い相代は、何者かに掠《さら》われてしまった。

進吉は妹の泣き叫ぶ声を聞きながら、やっとの思いで逃げ延びたのだという。

ここまでが進吉から伝え聞いた話だ。

季蔵の脳裏に、幼い兄妹が、互いの手を握りしめて見ず知らずの地へ向かう姿が浮かんだ。どんなにか心細かったことであろう。子どもには何の罪科《つみとが》もないのに。そう思うと胸がしめつけられた。

さらに読んでいくと、

次に、養父が木曽屋やまむしの源八の子どもたちに、抱いていたであろう想いを、俺なりにまとめてみた。

木曽屋が独楽と一緒に、禁忌の南蛮紐を遺したのは、自分を追及している真右衛門の人柄が、噂されているような、鬼右衛門《おにえもん》ではないとわかっていたからではないか。

木曽屋は、大前屋の策略であったとはいえ、真右衛門の妻子を死に追いやったことを、抜け荷の大罪同様に、心《しん》から深く悔いていたはずだ。

一方、相代を守りきれなかったことについて、心優しき養父が如何《いか》に心を痛め続けたか――。

それゆえ、養父は相代の名を騙《かた》った、まむしの源八の娘おこうから、父親の形見を渡すよう言われると、独楽と南蛮紐の両方を持参し、腰のものも帯びずに出向いたのだろう。

相代に泣き黒子はなく、あるのはおこうだと知っていたので、養父は一目見て、別人だとわかっただろうが、おこうのなすがままになった上、この罪を庇《かば》った。

ここまで読んで、季蔵は一旦、文から目を離した。

――伊沢真右衛門様、蔵之進様お二人の絆《きずな》が裏の裁きだったとは――。家族とは楽しい時、共に笑い、苦しい時には力を合わせ、悔しい時には、慰め励ましあうもの。その家族が殺された孤独が、お二人の心を近づけたのだ。そして、伊沢真右衛門様は父親が処刑されたゆえに、自分と同じ孤独を抱えるようになったおこうを救おうとなさった――

まむしの源八が厳罰に処せられたのは、自業自得ではあるが、養父は未《いま》だ、裏で黒い糸を引く者たちを、捕らえることができずにいる己の不明を恥じ、恨みと憎しみだけを生きる糧《かて》にしているおこうに、顔向けできないと思ったのだろう。

最後におこうは相代ではなかったが、すでに、相代もこの世にはいないものとして、進吉はこの南蛮紐を、父のみならず、妹の形見にすると言っていたことを伝え置く。

伊沢蔵之進

――蔵之進様らしい物言いだ。それにしても、あの仕掛け矢はだれが仕掛けたのだろう？　蔵之進様はずっと宴席におられて、わたしが宴席から厨に戻る際にも大前屋と一緒だった。矢を仕掛ける時間はない。では、誰が？――

この疑問は、季蔵の心に澱《おり》のように沈んでいった。


それからまた、何日か過ぎて烏谷が塩梅屋の暖簾《のれん》を潜《くぐ》った。

いつものように、離れに陣取ると、

「牡蠣はもうよいわ。海老《えび》の挟み揚げと蓮煎餅しか食うていない、蓮美人尽くしを頼む」

長次郎の仏壇に手を合わせると、

「長次郎、そちに大事なことを白状し損ねているのだ。よいか、冥途《めいど》は遠いがしっかり、耳を澄まして聞いてくれ」

大きな目を剝いて先を続けた。

「実はお涼がわしにぞっこんだったというのは真っ赤な嘘でな、〝おまえがそばにいてくれなければ生きてはいけない〟と、腹をかっさばいて見せる勢いで迫ったのはわしの方なのだ。その頃、お涼はつい、引き合わせてしまった真右衛門と相思相愛であった。だが真右衛門の方にも、〝あなたが命〟とまで言い切って、三度の飯が食えなくなった遠縁の娘がいて、お涼は真右衛門に、〝必要としてくれる場所に落ち着いて、護るべき相手のために生きるのが、わたしたちにふさわしい運命のように思えます〟と言って、別れ話を切り出したのだ。わしにこれを伝えた真右衛門は笑顔で、得心がいったと言い切った。生涯を通じて、これほど得心のいく説得話はないだろうとも――。この時、お涼への想いをふっきった真右衛門は、己の信念に生きる決意をしたのだと思う。季蔵も聞いておるだろうな?」

向き直った烏谷の顔は、常になく真剣そのものであった。

「はい」

「以来、真右衛門は鬼右衛門と言われつつ、護るべき相手に必要とされていることを、第一に考えてお役目に励んだ。真右衛門は、世俗や煩悩《ぼんのう》にまみれたわしなど、足許《あしもと》にも及ばぬ、まことに志の高い立派な奴であった」

烏谷は涙声になって瞑目《めいもく》し、季蔵は黙って頷いた。

「そんな真右衛門に惚れたお涼も、わしには過ぎた女だ」

――わかっておいでだ――

「それゆえ、今宵《こよい》は惚れているだけでは済ましたくない。蓮美人に長年の礼が言いたい」

「支度をいたします」

料理を調えに離れを出た季蔵の頰を、冷たい初冬の風が切るように通りすぎ、

――まさか、もう、雪?――

ふわりと落ちてきた柔らかな一片が、温かく感じられた。

〈参考文献〉

『手づくり日本食シリーズ　健康食　柿』傍島善次編著（社団法人農山漁村文化協会）
『牡蠣　その知識と調理の実際』荒川好満・山崎妙子共著（柴田書店）

本書は、時代小説文庫（ハルキ文庫）の書き下ろし作品です。

時代小説文庫

わ 1-23

蓮《はす》美《び》人《じん》 料理《りょうり》人《にん》季蔵《としぞう》捕《とり》物控《ものひかえ》

著者 和《わ》田《だ》はつ子《こ》

2013年9月18日第一刷発行

発行者 角川春樹

発行所 株式会社 角川春樹事務所

〒102-0074 東京都千代田区九段南2-1-30 イタリア文化会館

電話 03(3263)5247[編集] 03(3263)5881[営業]

印刷・製本 中央精版印刷株式会社

フォーマット・デザイン＆シンボルマーク 芦澤泰偉

ISBN978-4-7584-3776-9 C0193

http://www.kadokawaharuki.co.jp/[営業]
fanmail@kadokawaharuki.co.jp[編集] ご意見・ご感想をお寄せください。